不屈の勇士は聖女を守りて

A Brave Man Saves a Holy Lady.

戸津秋太【著】
Akita Totsu

目次

主な登場人物
Main Characters
篠《しの》原《はら》悠《ゆう》真《ま》
本作の主人公。ある日突然異世界に
召喚され、ゴブリンに襲われる。
生活の糧を得るために冒険者になる
が、命の安全を第一に考え
危険な依頼は受けない主義。
シャルナ
白髪碧眼の聖職者《シスター》。
人々の怪我を治す、《奇跡《ミラス》》と
呼ばれる加護を持つ。
笑顔を絶やさず誰にでも優しく
接する姿から「聖女」と謳われる。

ラーシャ・ナクレティア
リーティレス王国唯一の
第一位冒険者。
腰までの銀髪に紫紺の目。
自分のことを「僕」と呼ぶ。
「剣聖」の二つ名を持つ。
ネロ・フォレス
水色髪小柄なギルド看板受付嬢。
冒険者たちから人気があるが
本人は無頓着。普段は抑揚に欠ける
ぶっきらぼうな口調で対応するわりに、
その実面倒見のいい姉御肌。

序章　目覚め、そして遭遇

――おかしい。

目覚めると、篠原悠真《しのはらゆうま》は仰向けのまま、視界に広がる不可解な光景に首を傾げた。

目の前には雲一つない青空が広がり、陽《ひ》の光が彼を柔らかく照らしていた。草の匂いが鼻孔《びこう》をくすぐり、暖かな風に優しく包み込まれる。

緑の草が生い茂る地面に寝転がったまま、首だけを動かして青空から自分の周囲へと視線を移す。

そこに広がるのは青々とした木々のみ。それが彼の周囲を囲むように立っている。

空の青と草木の緑。この二色だけが彼の視界に映る色彩のすべてだった。

――気持ちがいい。

自然が生み出す心地よさのあまり、彼は思わず目の前の違和感について考えることを放棄して目を瞑《つむ》った。そして、襲いくる睡魔に身を委ねて意識を手放そうとして――ガバッ！　と起き上がり——

「——どこだ、ここっ⁉」

ぼんやりとした意識を振り払うように、違和感と疑問のすべてを籠めた叫び声を静かな森の中で解き放った。

† † †

上体を起こし、地面に胡坐《あぐら》をかきながら再度周囲の景色に目をやる。そして悠真は改めて今のこの状況のおかしさに眉を顰《ひそ》めた。

悠真はつい先ほどまで自室にいたはずなのだ。高校での部活動を終えてヘトヘトになった彼は家に帰るとすぐさま自室に向かい、そしてそのままベッドに倒れ込んだ。

そう、そこまでは憶えている。で——

「そのはずの俺がどうしてこんな森の中で寝転がっているんだ？」

自分で自分に問いを投げるが、当然答えは返ってこない。

夢なのではないかと思って頬をつねっても、軽い痛みがあるだけで夢から覚めるなんてことはなかった。もしこの異常な状況が夢などではなく現実であるのならば、ここでジッとしているわけにもいかないだろう。

思案と途方に暮れていても得るものはないので、ひとまず立ち上がり、辺りを探索することにした。

四方八方を木々で囲まれていて、人の気配はまったくない。今はちょうど正午ぐらいだろうと真上にある太陽を見て悠真はそう断じた。同時に、ベッドに倒れ込んだのは陽が沈みかける夕方だったことを思い出す。

「いろいろ考えていても仕方がない、か。とりあえずどうしたものか……」

見知らぬ地。地図もなければスマホもない。今悠真が身につけているものといえば、彼が通う高校の制服だけだった。

カバンは自室の床に放り投げたし、スマホはベッドで意識を手放す寸前、充電するためにポケットから取り出した。

つまり、悠真は文明の利器を持っていない、どころか完全に無防備だ。

「こういう時は人がいるところを探すのが定石《じょうせき》、だよな……？」

考えれば考えるほど混乱し、不安になっていく頭で、今すべきことを必死に模索する。

森ならどこかに必ず出口があるはずだ。太陽が沈めばただでさえ薄暗い森が真っ暗になるだろう。その前に一刻も早く人に出会わなければ。

そう心に決めて足を踏み出した悠真の耳朶《じだ》を、ガサガサガサと草の動く音が打った。

「なんだ……ッ!?」

思わず声が上擦《うわず》る。ビクッと身体を震わせ、音のした方を注視し、身構えた。

ゆっくり後ずさる悠真の脳内にいやな予感が膨らむ。

「な、何か武器は！」

反射的に叫びながら悠真は辺りを見渡す。近くに落ちていた手ごろな太い木の棒を手に取り、いつものように構えた。

悠真は中学三年間、そして高校二年の今に至るまで、剣道部に所属している。多少の心得はあるつもりだ。

額に汗が流れる。音のした茂みに鋭い視線を送り続けていると、再び獣のような声が悠真を威嚇《いかく》する。

「ギャァァッ、ギャギャギャァッ！」

「――――！　は、はは……、おいおい、マジかよ」

思わず乾いた笑い声が零れ落ちた。それもそのはず。目の前に現れたのは、およそフィクションの世界にしか出てこない空想の怪物――モンスターだった。

「嘘だろッ、おい!!!!」

考えるよりも先に体が動く。手にした木の棒を持ったまま、悠真は一目散にモンスターとは反対方向に走り出す。後ろからモンスター――一瞬見えた容姿から察するに恐らくゴブリンのはずだ――が追ってきている音が聞こえてくるが、振り返っている余裕などない。ただ一心不乱に、悠

真は走った。

† † †

「ッ、ハァッ、ハァ……ッ！」

肺が痛い。喉が痛い。胸が苦しい。空気を吸い込むのも、吐き出すのも辛い。

心臓はバクバクと脈打ち、地を蹴る両足はとうにその感覚を失っている。

恐怖。今の悠真の心は純然たる恐怖に支配されていた。

いつもであれば絶対に抱くことのないはずの、死への恐怖。

それを今まさに味わって、悠真は混乱を通り過ぎて怒りすら覚えていた。

（なんで……ッ！　なんで俺がこんな目に！）

やり場のない怒りを抱きながら、しかしその足を止めない。止めることができない。

未知の恐怖と、理不尽に対する怒り。それだけが悠真を突き動かす。

もう既に十分は走っている。マラソンの時のようにスタミナを管理しながらではなく、それはもう全力で。本来であれば体力はとっくの昔に尽きているはずだ。それでも止まることができないのは命が懸かっているからだろう。

歯を食いしばり、なおも地面を蹴りながら悠真はチラリと後方を確認する。

「グギャァアァッ！」

「ッ、しつけぇ……ッ！」

くそ！　と悪態《あくたい》を吐《つ》きながら更に両足に力を籠める。

このまま走り続けられれば、森を抜けてあわよくば逃げ切ることができるかもしれない。そんな根拠のない希望を抱き、それだけを励みにする。

――が、悠真の逃走劇に唐突に終わりが訪れた。

「崖……ッ」

無情にも、悠真の進路は高々とそびえる石壁に塞《ふさ》がれていた。これではどうあっても先には進めない。

「ギャギャッ！　グギャァッ!!」

引き返そうにも、悠真を逃すまいとゴブリンが退路《たいろ》を塞いでいる。

ゴブリンは足を止めた悠真とその先の崖を見て、ニヤリと嗜虐《しぎゃく》的な笑みを浮かべた。

悠真はゴクリと唾を呑み込み、キッと睨みつける。

「もう、やるしかないのか……ッ」

そんな口振りはただの虚勢だった。その証左として彼の膝は疲労と、そして何より恐怖でガクガクと震えている。

黒髪は乱れ、両肩を上下に激しく動かし、荒々しく息をする。足は小鹿のように震え、立っているのもままならない。苦しさと恐怖で今にも泣き出しそうだった。

目の前のゴブリンと戦うとして、いつも剣道場でやっていたような構えをやれる自信も余裕も今の悠真にはなかった。

傍から見れば無様《ぶざま》そのものだが、当の本人からしてみればそんなことはどうでもいい。自分が今どれほど無様であろうとも、言えることは一つだけ。もう逃げることはできない。もうやるしかない。どんなに怖くても、自分の命を奪わんとしている敵と戦うしかないのだ。

覚悟を決めると、悠真にもようやく相手を観察する余裕が生まれてきた。

彼にとって、敵が一体だけだったのは不幸中の幸いだったのかもしれない。敵は刃渡り四十センチほどの赤黒く汚れた刃物を持っている。その汚れがなんであるか、悠真は想像したくもなかった。

身長は大体百二十センチほどか。濃い緑色の肌に、髪の生えていないつるっつるの頭部。そして何かの獣の毛皮で作られた簡素な服。

その外見はまさしく、人類を襲う魔物として物語に出てくるゴブリンのそれだった。

今までいくつもの命を奪ってきたであろう刃物をその手に握りしめ、自分に対して明確な殺意を抱いている。本気で殺そうとしている。

彼我《ひが》の距離は二メートルもない。生まれてはじめて向けられるその殺意に、悠真の全身が震える。逃げろと本能が告げているが、先ほどまで全力で走った反動か、足が思うように動かない。それに何より、こいつの後方以外に逃げ場がない。

「ギャギャァッ‼」

「――ッ！」

その時、ゴブリンが悠真に跳びかかりながら右手に握る刃物を振り下ろしてきた。

「んのぉっ！」

日頃剣道で鍛えていたのが幸いしたのか、反射的に上体を捻《ひね》り、ゴブリンの初撃を躱《かわ》す。

（け、剣道をやっててよかった……）

凶刃《きょうじん》を躱した瞬間、悠真は安堵し一瞬全身から力を抜いてしまった。命の奪い合いをしたことのない悠真に対し、相手は今までいくつもの命を奪ってきたであろうゴブリンだ。初撃を躱されることなど数えきれないほどにあっただろう。

生じたその一瞬は、ゴブリンにとっては十分すぎるものだった。流れるような二撃目を、弛緩《しかん》しきった悠真に向けて突き出してきた。

「ぐぅ……⁉」

鈍い痛みが腹部に走る。その痛みがなんであるか、瞬時に理解することができなかった。だが直後、腹部を目にして自分がゴブリンに刺されたことを認識する。

「――ッ」

これが刃物で刺されるという感覚。痛みに顔を歪める悠真を見て、ゴブリンは微かに嗤《わら》った――ように悠真には見えた。

すぐさまゴブリンは悠真の体から刃物を抜くと、更に三撃目を、今度は地を蹴り悠真の頭近くへと跳躍しながら横に一閃《いっせん》。明らかに首を刎《は》ね飛ばすことを意図した軌道だった。

「させるかよっ！」

これまで逃げ続けている最中決して手放さなかった木の棒。走るのには邪魔であったが、何もないのは心細く、弱さ故、縋《すが》る思いでそれだけは手放さなかった。

だが今はその自分の弱さに感謝しよう。悠真は必死に刃物の軌道上に木の棒を叩きつける。

瞬間、ゴブリンは僅かな叫び声を上げながら数メートル先に吹き飛んだ。偶然にも、本当に偶然にも悠真は攻撃を防ぐことができ、ゴブリンを弾き飛ばせたのだ。

あれ？　と、悠真はその結果を受けて首を傾げる。と同時に、抱いた疑問を心の中で呟いた。

（もしかして、弱い……？）

悠真の身長は百七十五センチ。ゴブリンとは五十センチ以上もの体格差がある。単純な力勝負では明らかに自分に利がある。

そう気付くと悠真を支配していた恐怖も幾分か薄らぎ、剣道の試合の時みたいに心の波が収まっていく。自分の呼吸音が感じられるようになったところで、ようやく起き上がったゴブリンを見つめた。

落ち着こう、落ち着け。

「ふー……、すぅー……」

息を吐き出し、そして大きく吸い込んで呼吸を整える。

互いが持つ得物の間合いは違う。手に握っている木の棒の感触は竹刀とは違うし、どこか頼りない。日々の剣道とは異なり、殺すか殺されるかの命の奪い合いだ。それは今も腹部から滴り落ちる己の血と、鈍い痛みが証明している。そしてその感触こそが、今が夢なんかでなく現実であることを告げていた。

だが、落ち着け。相手はそこまで強くない。

自分に言い聞かせるように、悠真は心の中で何度も落ち着け、落ち着けと連呼する。

生き延びるには目の前の敵を殺すしかない。そうしなければ、自分が死ぬ。

「ぐふ……ッ！」

腹部を刺された影響か、何か熱い液体が喉をせり上がってきて、たまらず地面に吐き出した。飛び散った赤いものを見て、ようやくその液体が血であることを理解した。口の中に鉄の味が広がる。

だが、興奮からか痛みはさほど感じない。恐ろしく熱いが、動けないことはない。

ならば——動けるうちに目の前の脅威を始末するしかない！

「ふーっ、はーっ、ふー……」

血で汚れた口元を拭い、左手で刺された腹部を押さえ、右手で木の棒を構える。

悠真の変化に気付いたゴブリンもまた、改めてその手に握る刃物を構えなおした。

「うぉぉおおおッッッ！！！！」

己を鼓舞《こぶ》するため、相手を威嚇するため、悠真はありったけの叫び声を上げながら残る力のすべてを両足に籠めて地を蹴る。

戦いを長引かせて勝てる自信はない。体力の限界だ。ならば一瞬で決めるしかない。

「——でやぁぁあああああ!!」

前傾姿勢でゴブリンに突撃しながら、右手で握る木の棒を瞬時に突き出す。それをゴブリンは地面すれすれまで身を低くして避け、そのままの低い体勢で小柄なことを最大限に活かして悠真の懐に飛び込んでくる。

「ッ、甘いッ！」

不思議なことに、悠真は冷静にそのゴブリンの動きを目で追えていた。だから突き出した木の棒を引き戻すよりも先にゴブリンの凶刃が自分の体を切り裂く事実もわかった。

綺麗に勝つ必要はない。綺麗に、格好良く、木の棒で相手の凶刃を防ごうとしなくてもいい。たとえ剣道であれば一本取られる行為だとしても、殺し合いであるこの場においては、死にさえしなければ——いいのだ。

「ギャッ!?」

「はっ、さしものお前も驚いたかっ」

驚くに決まっている。突き出されたゴブリンの刃物を、悠真は何も持っていない左腕であえて受け止めたのだ。

「これで、俺の勝ちだ！」

想像以上に深々と突き刺さった刃物は悠真の腕を貫通し、しかしだからこそゴブリンはすぐさまそれを引き抜くことができなかった。互いの距離はゼロに近い。その一瞬が勝敗を決することになった。

「うらぁあっ！」

力の限りを尽くして、悠真は木の棒をゴブリンの頭部に叩きつけた。

† † †

「……ぁ、はぁ……」

ゴブリンの頭部を叩いた後、悠真は念のために二、三度、地に倒れ伏したゴブリンを木の棒で殴った。気絶しただけで実は生きていましたでは洒落にならない。

命の奪い合いにオーバーキルなんてものはない。命が懸かっているのだ。そのあたりは抜かりなくやっておく必要がある。

「やったぜ、クソ野郎……」

全身から力を抜きながら、地面に転がる無残な死骸に口汚く悪態を吐《つ》く。

意外にも、悠真の胸中には命を奪ったことに対する罪の意識のようなものはさほど湧き上がってこなかった。腹部と左腕を深々と刺され、殺されかけたのだ。生き残った安堵の方が強いに決まっていた。

ただ、それでもゴブリンの死骸を見て何も思わないわけではない。

だからこそ、口汚く相手を罵ることで僅かに抱いた罪悪感を無為な感傷として忘れ去ろうとしていた。

戦いを振り返りながら、悠真は今更ながら自分がなんて危険なことをしたのだろうと自覚し、それから薄《うっす》らと笑みを浮かべた。

下手をすれば自分は死んでいた。たとえ逃げ場を失っていたとしても、直接交戦しない形でやり過ごす方法はあったのではないか。

もっとも、すべてが終わった今、それを考えることに意味などないと思い直し、すぐに思考を放棄する。

ただ一つ抱いた感慨は、火事場の馬鹿力は本当にあるのだなぁということだけだった。

逃走中に発揮した体力もさることながら、最後の攻防――

「やけに、ゴブリンの動きが遅く見えたよな……」

アドレナリンの作用によるものだろうか。だがどうあれ、生き延びることができた。

改めてその事実を認識し、悠真は安堵する。と同時に、どうやら夢ではないこの現状を前に、これからどうしようかと頭を切り替えたところで――

「……？　ぁ、あれ……？」

腹部と、そして左腕の痛みが急激に増し、視界がぼやけて両足の力が抜ける。

「ぐっ……」

そのまま重力に抗《あらが》えず、悠真は糸の切れた人形のように仰向けに倒れた。

ぼやける視界に映る空は、目覚めた時と変わらず雲一つない青空だった。

（俺を、嘲笑《あざわら》っているのか……）

目覚めた時に心地よく感じたその空の青も、今は皮肉にしか見えなかった。

「あぁ、クソ……」

意識が保てない。睡魔が時を追うごとに増していく。

瞼《まぶた》が段々と下がっていき、呼吸も浅くなる。

猛烈な眠気。それに抗わなければならないのはわかっているのに、意思とは裏腹に気力は消えてゆく。

そうして悠真は意識を手放した――

第一章　聖女の《奇跡《ミラス》》

「――……っ、んぅ……」

瞼に重たい瞼に力を籠めて、ゆっくりと開ける。瞬間、瞳に光が射し込み、眩《まぶ》しさのあまり目を細めた。

上体を起こしながら、悠真はボーッと周囲を見やる。

光の正体がすぐそばの窓から射し込む陽光であることと、自分が知らない部屋にいること。そして知らないベッドで眠っていたことを理解したところで悠真は顔を顰《しか》めた。

「――ッ！」

不意に痛みを発する腹部と左腕。思わず痛んだ箇所を見ると、そこには包帯が巻かれ、僅かながら血の跡があった。

「そうだ、俺はあの時ゴブリンに……」

意識を失う寸前に起きた出来事が、徐々に鮮明な記憶として蘇ってくる。

部活を終え家に帰って部屋で寝て、気付いたら森の中。起き抜けに自分を襲ってきたのはおよそ地球にはいないような化け物――ゴブリンのようなモンスターで、そのまま命の奪い合い……

「うぐぅ……ッ、っぁ――」

悠真の脳裏にゴブリンの死骸がよぎり、思わず吐きそうになる。

こうして命の危機が去った今、改めて振り返ると、あの魔物の頭部を殴った際の光景やその感触が思い出されてとても正気を保てそうにない。

口元を右手で押さえ、こみ上げてきたものを必死に呑み込みなんとか持ちこたえると、悠真は今の状況を改めて確認する。

着ていたはずの学ランはその身になく、上半身は裸。腹部にも左腕にも丁寧に包帯が巻かれている。ベッドは心なしか少し硬い気もするが、清潔でいい匂いがする。小さな部屋で、無駄なものは一切ない。質素ではあるが、どこか落ち着く雰囲気があった。

「あの時、俺は森の中で意識を失ったよな？　それがどうして……」

ゴブリンを倒した後、傷のせいで自分は意識を手放したはずだった。恐らくあのままであればあそこで死んでいただろう。

そんな自分がどうして治療されてベッドに寝かされているのだろうと首を傾げる。眉を顰《ひそ》めて考え込む悠真の耳に、唐突に部屋のドアがギギィ……と軋《きし》みながら開く音が響いた。

反射的にガバリと顔を上げてそちらを見ると、心地よい声音《こわね》が優しく届いた。

「お目覚めでしたか、よかったです」

「────────」

安堵したような声で、しかし心配そうな表情を浮かべながら部屋に入って来た一人の女性。彼女を見て悠真は言葉を失い、口を開きかけたままただ見惚《みと》れてしまっていた。

濃紺のシスター服に身を包んだ彼女は、その服とは対照的な白く長い髪を靡《なび》かせていた。

パッチリと開かれた青い瞳には、悠真の姿が映っている。髪と同じく白く美しい肌は、その瞳の青と相まってよく映《は》えていた。

すらっとした肢体ながらも、女性としての部分はきちんと主張していて、一言で表すならば完璧という言葉が相応しいスタイル。

──女神。そう名乗られても受け入れてしまうほどの美しさがそこにあった。

「……？　どうかされましたか？　何か、ご気分が優れないだとか」

呆《ほう》ける悠真に、彼女が心配そうに声を掛けた。

「あぁ、いや！　だ、大丈夫です、はい！」

なんて情けない声だと、悠真は思わず自嘲《じちょう》した。

だが当の彼女はそんなことを一切気にする様子もなく、ただ悠真が無事であったことを喜んでいるらしい。くすりと優しく微笑んできた。

その笑みにまたも見惚れながら、先程から鼓膜を刺激する銀鈴のごとき美しく澄んだ声を感じるように耳を触り、それからようやく彼女に疑問を投げた。

「えっと、ここは……？」

悠真の唐突な質問にもまったく不快そうにすることなく彼女は即座に答える。

「リーティレス王国の王都南西に位置するアッテム地方最大の街、ファウヌスにある教会です。私はここでシスターをしています、シャルナと申します」

「あ、えーっと、篠原悠真です。……あ、悠真と呼んでください」

「ユーマ、ユーマさん……わかりました。では、私のこともシャルナとお呼びください」

悠真の名前を反芻《はんすう》してから、小さく首を傾げておどけた調子でそう囁くシャルナ。

どこまでも耳に残る美しい音から言葉を拾い、悠真は「リーティレス王国？　アッテム地方？　ファウヌス……？」と、小さく呟く。

彼女が口にした地名。そのどれもが悠真の知らないものだった。

目の前の少女は明らかに日本人ではない。そもそも地球にリーティレス王国などという国はなかったはずだ。

……いや、本当は悠真だってわかっている。薄々勘付いていたのだ。

それを認めたくなくて回りくどい思考をしているだけだったが、さすがにもう認めるしかない。

あのゴブリンにも似たモンスター。あれこそ絶対に地球上には存在しない生き物なのだから。

――ここは、地球ではない、どこか別の世界である。

それを認めた瞬間、悠真の心に言い知れぬ激情が湧き上がる。しかし目の前でこちらを見つめてくる少女、シャルナの存在を認めて、その感情を露わにするわけにはいかないと、必死に抑え込みながら会話を続ける。

「えっと、あなたが俺を助けてくれたんですか？」

「ええ。たまたま森に必要な薬草を採りに行ったらあなたが倒れていたので、同行していた方にこの教会まで運んでいただいたのです」

「あ、ありがとうございます。命拾いしました……」

「いえ、すべては主のお導き。私はその意思に従っただけです」

「は、はぁ……」

手を組み、目を閉じ、まるで祈りを捧げるような体勢でそう返してきたシャルナに、悠真は苦笑いで応じる。

これまでの人生で宗教的なものに触れたことがないため、彼女のその価値観をいまいち理解できなかったのだ。

なにはともあれ軽く状況も掴めてきたところで、ぐぎゅるるる……と、悠真のお腹が盛大に音を立てた。

初対面の、それも美少女の前での失態に、悠真は羞恥に顔を染め腹を押さえる。そんな彼の様子を見てシャルナは失念していたとばかりに口元に手を添えて頭を下げた。

「あ、すみません！　二日間何も食べていなければお腹もお空きになられますよね！　少しお待ちください、何か食べられるものをお持ちしますから」

「ご迷惑をおかけして……ん、二日間？」

「はい。あなたをこの教会で手当てしてから丸二日間、それこそ死んだようにお眠りでした」

「マジか……」

「マジですっ」

語尾に音符が付きそうな調子でおどけて応えたシャルナは、そのまま微笑みながら部屋を後にした。

一人残された悠真はしばしシャルナが出て行ったドアをボーッと見つめ、それから俯《うつむ》いた。

「──異世界、か。笑えない冗談だよ、ホント……」

深く息を吐き、そのまま不貞腐《ふてくさ》れるように再びベッドに横になる。右腕を額にあてて天井を呆然と見つめながら、悠真は唇をかんだ。

（あり得ない、あり得ないだろ……ッ）

心の中で何度も叫ぶ。悪い夢ならばはやく覚めてくれと懇願する。

けれど、その度によぎるのはゴブリンとの戦闘。あの痛みや苦しみは決して夢ではない。

認めなければならないのだ。これが紛れもない現実であることを。

混乱していた思考が落ち着き、改めてそのことを認めたところで、不意に目頭が熱くなるのがわかった。そして言い知れぬ何かが胸の奥からせり上がってくる。

「くそっ、これからどうしろっていうんだよっ」

家族も、友人も、恋人……はいなかったが、それでもいつもの平穏な日々の中で大切なものは確かにあった。今こうしてその環境から離れてみるとそれが痛いほどにわかってしまう。

あの取り留めもない毎日が、かけがえのないものであったことを。

大切なものをたくさん残してきた。まだまだやりたいことだってあった。

なにより、こんな見ず知らずの地になんの説明もなしに放り出されて生きていく自信が、とてもじゃないが悠真にはない。

考えれば考えるほど、どうしようもなくやりきれなくなってくる。悲しくなってくる。

蛇口の水滴ほどの涙が一滴頬を伝うと、やがて堰《せき》を切ったように滂沱《ぼうだ》として溢れてきた。右腕で目元を覆ったところでとても塞ぎきれないほどに。

背を丸め、顔を右手で押さえて嗚咽《おえつ》を漏らしていると、静かにドアが開く音が聞こえた。その音に反応して悠真はびくりと肩を震わせ、顔を上げる。

「ユーマさん……?」

涙で歪む視界の先には、湯気の立つ木製の食器を置いたトレイを両手に持ちながら、心配そうに眉を寄せるシャルナの姿があった。

当然だ。食事を持って戻って来たら部屋のベッドの上で男が一人で泣いているのだ。どう接していいかわからないだろう。

そしてそれは、悠真とて同じことだった。

この歳になって他人に、それも年の近いであろう異性に泣き姿を見られるなど羞恥以外のなにものでもない。

「あ……っ、いや、その……」

しどろもどろになりながらこの場をどう濁そうかと思考を巡らせる悠真を見て、シャルナは何を思ったのかふっと慈愛に満ちた笑みを浮かべた。そしてトレイを近くのテーブルに置いて静かに歩み寄り、ベッドの脇で屈むと、困惑する悠真の頭をそっと柔らかく撫で始めた。

「恥じることはありません。悲しいこと、辛いことがあった時に涙を流し、そうすることですべてを乗り越えて明日に向かう。それは神から授けられた、人が人である証《あかし》であり、人の強さでもあるのです。大丈夫です。その悲しみや辛さを心に溜め、抱え込むことなく気が済むまで吐き出してください」

こちらを見つめるシャルナの青い瞳にはそれこそ嘲《あざけ》りの色は一切見えなかった。

目の前の迷える子羊ともいうべき悠真の涙を受け止め、肯定する。

澄んだ綺麗な声で紡がれた迷いなきその言葉は、何も持ちえない今の悠真にとってまるで神託のようでもあった。

彼女のその言葉と行動にあてられ、羞恥で一瞬止まった涙が、また溢れ出してくる。

そんな彼の頭をシャルナは優しく撫で続けた。

悠真は、ただせめてもの抵抗にと顔を右手で隠し、そして涙が枯れるまですべてを吐き出した。

† † †

「…………ッ、その、すみませんでしたっ！」

ベッドに腰を掛けた状態の悠真は、目の前で床に膝をついたままこちらを見つめるシャルナに深々と頭を下げる。

それは自分の惨めな醜態をさらし、またそれに付き合わせてしまったことに対する謝罪でもあったが、同時にどういう顔でシャルナを見ればいいのかわからないがための逃げでもあった。

そんな悠真に対し、シャルナは困惑しながら両手をあたふたとさせる。

「い、いえ！　あなたが少しでも楽になれたのなら、あれぐらいのことかまいません。神に仕える私は、人々の悲しみを分かち合うことも役目の一つなのでっ！」

ですから、とシャルナは続ける。

「ひとまず、今はお腹を膨らませましょう。食は人の心を豊かにし、幸せを呼びますからっ。……と言っても、少し冷めてしまったみたいですし、温めてきますね」

屈託《くったく》のない微笑みを浮かべながら、シャルナはテーブルに置いたトレイを手にし、再び部屋を出る。それは羞恥の中にいる悠真に対する彼女の配慮でもあったのだろう。シャルナの気配が消えたのを感じてから悠真はようやく頭を上げた。

「はー……、やっちまった」

大きく息を吐きながら、髪をガシガシと掻き乱す。

「なんだよ俺。女性の、しかも初対面の人の目の前で泣きじゃくって、そのうえ頭を撫でられ続けるとか……、うがぁー！　考えれば考えるほど恥ずかしいっ‼」

ベッドの上でジタバタと悶絶《もんぜつ》する。しかし少し暴れてから、悠真はシャルナに撫でられた頭の上にそっと右手を乗せて呟く。

「……でも、確かに楽になったよな」

周りに知っている人がいない世界。自分がどこにいるのかすらわからない。

当たり前の日々が唐突に終わり、そしてどうやら始まってしまったらしい未知の世界での暮らし。

それがどうしようもなく不安であった。堪《たま》らなく恐ろしかった。

けれど、あの優しきシスターがその不安を、恐怖を、優しく抱き止めてくれたことで少しは救われた気がする。

言葉にし難《にく》い感覚ではあるが、先ほど無様に泣きじゃくったあの瞬間だけは少なくとも、自分は独りではなかった。

「ん、こんな時でも体は正直だな。まったく……」

音を鳴らした自分の腹を撫でながら悠真は苦笑する。

これからどう暮らしていくべきか、どう生きていくべきか、何をすべきなのか。

何一つ決まっていないけれど、今はとにかく幸せを呼ぶために腹を満たそう。

そんなことを考えながら悠真は涙の伝った頬を拭い、ドアを見つめてシャルナが戻ってくるのを待つことにした。

† † †

「お待たせいたしました」

程なくして、消えた湯気を取り戻した食事を手にしてシャルナが戻ってきた。

まだ多少の照れくささもあるが、いつまでもグダグダと気にしていてはこちらを気遣ってくれるシャルナにも失礼だろうし、何よりそんな感情よりも今は食欲の方が勝っていた。

悠真はもう頭を下げることもなく、彼女を見つめる。

そんな悠真の行動が嬉しかったのか、シャルナは優しく微笑んだ。

「ふふ、食欲はきちんとあるようで何よりです。どうぞ」

「あ、ありがとうございます……」

食器と同様に木でできたトレイを、シャルナはベッドの脇に寄せたテーブルの上に置く。

悠真はベッドに腰掛けたままテーブルのほうに体を向け、スプーンを右手で握り食器を持ち上げて料理を見る。

ここは異世界なのだから何か変わった食事がでてくるかもしれないと今さら警戒したものの、それは杞憂《きゆう》だったらしい。

湯気を立てている白いソースの中には、ニンジンやジャガイモ、鶏肉のようなものも見える。言わずもがな、シチューだった。

いただきますと手を合わせると、悠真はそのままの勢いでスプーンを使ってシチューを掬《すく》い、口に運んだ。

「ん……っ」

口に含んだ途端、濃厚なミルクの香りとニンジンやジャガイモの甘さが口内にふわりと広がる。少し薄味だが、だからこそ素材の味がより感じられた。

「美味《おい》しい……」

思わず口からぽつりと零れた感想を聞いて、向かいのイスに腰掛けているシャルナが嬉しそうに微笑む。

「お口にあったようでよかったですっ。苦手なものはありませんよね？」

「ないですよ！　むしろ、今なら苦手なものでも食べられる気がします！」

体の芯からポカポカと温まってきて、なんだか元気が湧いてきた気がする。

食は人の心を豊かにし、幸せを呼ぶとシャルナは先ほど言ったが、確かにそうかもしれない。

目覚めた時の不安はどこへやら、すっかりそんなものは吹き飛んで、反対に今なら何でもできそうな気がすると、根拠のない自信までもが湧いてきた。

本能の赴くままシチューをスプーンで掬っては食べ、掬っては食べを繰り返す。

途中、ちらりと目の前に座るシャルナに視線を移した。

悠真の眼差しに気付いたシャルナは、ふっと柔らかく微笑み返してくる。

瞬間、体の奥がシチュー以外の何かによって温かくなったような、そんな気がした。

† † †

「ごちそうさまでした」

「……？　そういえば、食事をとられる前にも何か呟いていましたが、それはどういう意味なんですか？」

シチューをすべて平らげた悠真はスプーンを器に置いて手を合わせる。

その一連の悠真の行動を見ていたシャルナは可愛らしく首を僅かに傾げて問いかけてきた。

（……なるほど、言語は同じでも習慣や文化は違うってことか）

言葉が自然に通じたのは不思議だが、ここは異世界だ。『いただきます』や『ごちそうさま』などといった挨拶が存在していなくてもおかしくない。

自分が違う世界にいることを再認識しながら、悠真はシャルナの問いに答える。

「あぁ、これは俺の住んでいた地域での挨拶みたいなもので。食材そのものや、料理を作ってくれた人に対する感謝の気持ちを表すんです」

幼い頃両親や周りの大人に口うるさく言われたことをそのまま話す。

するとそれを聞いたシャルナはなぜか嬉しそうに微笑んだ。

「まぁ、それは素晴らしいことですね。ふふっ……」

「？　何がですか？」

「挨拶が持つ意味と、そしてそれを行うユーマさんがですよ。感謝の気持ちをきちんと口にできる人に、悪い人はいませんから」

「感謝の気持ちを口に……」

シャルナが言うと、なんでもそのとおりだと思ってしまう。

実際悠真がそれらの挨拶を口にする時、本当に感謝の気持ちが籠もっていたのかと聞かれれば答えに困る。もはや食前と食後に挨拶をすることは習慣になっているからだ。

ただ、先ほどの『ごちそうさま』には、間違いなく感謝を籠めた自信がある。それほどまでにシチューは美味しく、そして温かかった。もう何も入っていない器を見ながらそんなことを考える。

一方でシャルナは、悠真が口にした『俺の住んでいた地域』という言葉に疑問が湧いたらしい。

「そういえば、ユーマさんはどちらからいらっしゃったのですか？　森の中で一人でしたが、もしかしたらお仲間とはぐれたとか……」

憂いの表情を浮かべながら、シャルナはその青い瞳で悠真の姿を捉える。

そこに映り込む自分を見て、悠真は自分が彼女になんの事情も説明していないことを思い出す。と同時に、頭を抱えた。

嘘を吐くのは容易い。

記憶喪失であるだとか、盗賊に襲われて命からがら逃げてきただとか。

きっと優しい彼女ならば、それが嘘であるとわかっても追及してこないだろう。

けれど、彼女に嘘を吐きたくはなかった。その優しさを利用したくもなかった。

だからといって、『異世界から来ました』などと真実を伝えるのもいかがなものかと悠真は考え込む。

答えに困る悠真の様子を見て、シャルナは哀しい笑みを浮かべた。

「いえ、かまいません。話せないのであれば無理して話すことはないのです。あの森で倒れていたということはきっとお辛いことがあったのでしょう。不躾《ぶしつけ》なことを言いました。忘れてください」

心底申し訳なさそうに彼女は謝ってきた。その表情を見て、悠真は自分の胸が微かに痛むのを感じる。

「い、いえ！　気にするのは当然のことです！　むしろ、命の恩人に何も説明していない俺の方が非常識ですよ。仲間はいません。一人で……そう、一人で遠いところから、とても遠いところからきたんです。きっとたぶん、二度と帰ることのできないようなところから」

来たのに帰れないとはどういうことだろうと、言いながら自問する。

嘘を吐きたくない。けれど真実を伝えるわけにもいかない。

その狭間で揺れ動きながら悠真が口にしたのは、嘘でもなく、かといって核心にも触れない中途半端なものだった。

そしてそれ故に、悠真の説明はちぐはぐなものになった。どうしても矛盾が生じてしまうのだ。

だが、目を閉じて悠真の説明を聞いていたシャルナは、やがて瞼を開けると耳心地の良い声でゆっくり話した。

「そう、でしたか。それはとても、大変でしたね」

「──ッ」

支離滅裂《しりめつれつ》な説明にきっと疑念を抱いたに違いないのに、むしろ悠真の孤独や恐怖、悲しみまでも汲み取って、シャルナは優しげにそう返した。

彼女のその優しさに悠真は驚き、思わず目を見開いた。

「信じてくれるんですか？　矛盾だらけの無茶苦茶な話なのに」

「ふふ、私はこの教会で何十、何百という人を見てきました。だから誰が嘘を吐いているかは、なんとなくわかるのです。特に、善良な人間であればあるほど、自分の罪や何か嘘を吐こうとする時に陰りが見えるものですから。あなたは善良な人間です。きっと説明が難しい事情がおありなのでしょう。確かによくわからない部分もありましたが、その言葉にも、あなたの顔にも、陰りはありませんでした。だから――信じますよっ」

「！　あ、ありがとうございます……」

――信じますよ。

その言葉を聞いた悠真は、こみ上げてくる衝動を呑み込みながら心の底から感謝を口にしていた。この地に誰も知り合いがいない悠真にとって、優しきシスターたるシャルナに出会えたのは不幸中の幸いだ。彼女から見放されでもしたらまた独りになってしまう。

でも彼女は今、自分を信じてくれると言ってくれた。

そんな悠真の万感の思いが伝わったのか、彼女はどこか照れたように頬を染め、「感謝をされるほどのことではないですよっ」と、手をぶんぶん振りながら返す。

「ユーマさんが倒れていた近くにゴブリンが倒れていたということは、やっぱりゴブリンに襲われたんですね？」

「あぁ、やっぱりあれはゴブリンなんですか。そうです。正直、死ぬかと思いました。……あぁいや、シャルナさんが発見してくれなかったら死んでいましたね」

乾いた笑いと共に悠真は笑えない事実を言葉にする。

「そういえば、ユーマさんは今おいくつなのですか?」

「え、俺ですか? ……十六です」

「そうなんですか! 私と同じですねっ!」

答えると、シャルナは手を合わせてパッと表情を明るくした。

「では、私に敬語はお使いにならないでください。それと、呼び捨てでお願いしますね。同じ歳で敬語を使われるとどうにもむずむずします。使われるのもあまり好きではありませんし」

「あ、シャルナさんも……あぁいや、シャルナも十六だったのか」

悠真がシャルナに対して敬語で話したのは、初対面で命の恩人だからという理由だけではない。単純に、自分よりも年上に見えたのだ。

老けている……というわけではない。むしろ容姿については彼女から年齢を聞いて納得した。だが佇まいや雰囲気が、どこか大人びているのだ。

会話が一区切りしたところで、偶然にも唐突に部屋のドアが叩かれた。

悠真に軽く会釈し、ドアを少しだけ開けると、シャルナは外にいる者と二言、三言交わす。その内容は悠真の耳にまでは届かなかったけれど——

「すみません! 少し離れますっ!」

振り返りざま悠真にそう告げ、血相を変えて部屋を飛び出したシャルナの様子から、それがただ事ではないことだけは理解できた。

† † †

「遅いな……」

シャルナが部屋を出て行ってから既に体感で三十分は経っただろうか。

彼女が戻ってくるのを、悠真はベッドに腰を掛け、ソワソワしながら待っていた。別に部屋から出るなと言われたわけではないが、ドアから外に出るのが何となく怖かった。とはいえこのまま独りでいるのも心もとない。

相反する二つの主張がせめぎ合う中、結局悠真は今の今まで部屋に留まっていたのだが――

「少しだけなら、大丈夫か……」

そーっと、ドアを開けて外の様子を窺う。

誰もいない。木造の簡素な廊下には何も飾られておらず、少し薄暗い。

静かすぎるなと一瞬不気味に思ったが、耳を澄ますと廊下の先の方で誰かの叫び声や忙しなく何かが動く音が微かに聞こえた。

「あっちか」

少しだけ疼《うず》く傷口の痛みに顔を顰めながら、悠真は声のする方へと足を向けた。

† † †

「早く薬草をッ！　それと、お湯をもっとたくさんッ！」

廊下を進むにつれ喧騒がはっきりとした音となって悠真の耳に届く。

そしてその場に辿り着いた瞬間、強烈な血の臭いが鼻孔をくすぐった。

先ほどの部屋とは段違いに広い空間。こちらが教会の本殿かもしれない。そこでは、シャルナと同じシスター服を身に纏った女性たちが絶え間なく動いていた。

声が反響するその空間のちょうど中央、石造りの床の上に、血まみれの人間が何人も寝かされている。

一体何があったというのか。もしかしたら悠真と同じように、彼らも魔物と遭遇して傷を負ったのかもしれない。複数の負傷者がいるところを見ると、魔物の群れに襲われたのか、あるいはゴブリンよりももっと強力なモンスターにまとめてやられてしまったのか。

ぞっとするような光景の中、横たわる怪我人を見て回るシャルナの姿があった。

美しい白い肌に汗を滲ませ、必死に目の前の怪我人の治療に専念しているようだ。

「我が主よ。魂を欠きし者に、人の身には赦《ゆる》されざる譲渡《じょうと》を――」

シャルナが怪我人の傍らに膝をつき、傷口に右手を添えたその瞬間、悠真は目を見開いた。

彼女が何事か呟くと、その指先から光が溢れ出し、怪我人の傷口に流れ込んでいったのだ。そして光が収まると傷口は塞がり、同時に血も止まっていた。

「はぁ、はぁ、っ、ふぅ……、後の処置は、お願いします」

「はいっ！」

近くにいた他のシスターがシャルナの指示に頷いて応じる。

それを見届けると、シャルナは不自然なまでに激しくなった息を落ち着かせながら、すぐさま別の怪我人の傍に移動し、同様の行動を行う。

消耗……？　している……？

治療すればするほど荒く乱れていく息と、滲み出る汗。

悠真は苦しみ喘《あえ》ぐシャルナを手助けしたいという衝動に駆られたが、あの不思議な行為を理解できない自分にできることなどなにもないと思い直し、その場に留まった。

（俺も、あんな風に助けられたのかな……）

他人の命を救うために死力を尽くし、自身のことなど厭《いと》わない。その在り方はまるで――

（――聖女。もし本当に聖女がいるのなら、彼女のことかもしれないな）

何もできないもどかしさを抱きつつも悠真は、懸命に治癒を施す彼女――聖女の姿を見ながら、不謹慎にも美しいと感じていた。

†　†　†

更に数分が経ち、ようやく教会に運び込まれた十数人の怪我人の治療が終わったらしい。

先ほどまでの慌ただしい動きも落ち着きを見せ、シャルナもシスター服の袖で額の汗を拭いながら、ふーっと息を吐いている。

と、そこでシャルナが教会の隅に立っている悠真の存在に気が付いた。

「ユーマさん、どうしてここに！」

「いや、ちょっと……」

妙なバツの悪さを覚え、悠真は頬をポリポリと掻く。

シャルナは若干怒り気味のようだ。悠真に歩み寄ると腰に手を当て、少し険しい表情で口を開く。

「大怪我を負われたばかりなのですから、部屋で大人しくしていてください！」

「すみませんでしたっ！」

速攻で頭を下げる。

シャルナは無言でそれを見つめると、やがて、はぁ……と深いため息を吐いた。

「ユーマさん、あなた少しも悪いと思っていないでしょう？」

「え……？」

図星だった。確かに部屋を勝手に出て歩き回ったのは客観的に見ても決して良い行動とは言えない。

だが、誰かの命を救うシャルナの姿を見られてよかったと、そう思っていた。

「……もういいです。ひとまず、今すぐ部屋に戻ってください。まだ傷口は痛むでしょう？」

「あぁ、わかってるよ」

呆れたように言われた悠真は、大人しくシャルナの後ろについて部屋に戻る。

道中、シャルナの足取りが覚束《おぼつか》ないのが少し気になったが、無事に先ほどの部屋に到着する。

シャルナは悠真の背を押すようにしてベッドに寝かせると、一度部屋を後にした。


「――それで、この後はどうされますか？」

数分後、髪と手を洗い、新しいシスター服に着替えたシャルナが戻ってきて、すぐさまそんな問いを投げてきた。

この後どうするか。それは、他でもない悠真自身が一番聞きたいことだった。

異世界。ここには何もない。

友達も。家族も。学校も。帰る場所も。

金もなければそれを稼ぐ方法も今のところ何も思いつかない。

当然だ。地球では日々学校に通っていればそれでよかったのだ。

今のところ、地球に戻れるかどうかわからない。ならばやはり、この異世界で暮らしていくしかない。そのためにも働かなければならない。――そう、生きるために。

考え込む。

これからどうするか。考えて、考えて、考え込んで、そして悠真は気付いた。

自分はこの世界について何も知らない。

それなら、一人で考えたところでなんの意味もない。

「シャルナ……、聞きたいことがあるんだけど」

「はい、可能な範囲でお答えします」

何を聞くか知りもしないのに、シャルナはすべてを受け入れてしまうような笑みを浮かべて悠真の問いを待つ。

それならばと、悠真は口を開いた。

「この辺りで俺でも稼げそうな仕事ってない？」

「ユーマさんでも稼げそうな仕事、ですか。そうですね……近くの商店通りに店を出すであったり、壊れかけの建物の修復であったり、武器の製作であったり。それこそ様々な職種がありますが、ユーマさんにはそういった経験や知識はないですよね？」

「自分で言うのもなんだけど、その通りだ。付け加えると、ここには知り合いも誰一人いない。あるのは俺のこの体ぐらいだな」

「でしたら、冒険者が一番良いかと。十五歳以上であれば簡単になれる職業です」

「冒険者……、冒険者か」

「はい。国や人々の依頼を、ギルドを通じて受注し、それを達成することで報酬が得られる職業、冒険者。ご存知ですよね？」

シャルナの確認に、悠真は曖昧な笑みではぐらかす。

そんな悠真の表情とは反対に、シャルナは笑みを消して真剣な面持ちで言う。

「依頼の大多数を占めるのが、討伐依頼です。二日前にユーマさんもゴブリンを倒されたので不可能ではないと思いますが、当然命の危険は付きまといます。……もちろん、討伐以外の依頼を受けるというのも手ですが、ただ……いいえ、なんでもありません」

「？　……討伐依頼、か。この間のゴブリンとまた戦うことになるかもしれないのか」

思わず、ごくりと唾を呑み込む。あんなのと命の奪い合いをするのはもうごめんだ。

シャルナの言うように、討伐依頼を受けない道もある。戦いの経験もないのに、誰が好き好んで死地に赴こうとするものか。討伐依頼など絶対に受けない。

そう心に決めて、悠真はシャルナに改めて向き直る。

「わかった。シャルナ、この後は……冒険者になることにするよ」

どうするのかを問われ、逆に何ができるかを聞き返した。それで得た答えに向かって突き進むと、悠真は愚直に宣言した。

悠真からしたらこの世界で生きていくという真っ直ぐな決意表明だったが、端から見れば行き当たりばったりともとれる決断だ。それでも心優しきシスターは困惑するでもなく、満面の笑みを浮かべて頷いた。

「はい、頑張ってください！」

こちらの胸中など知る由《よし》もないはずなのに、彼女の笑顔と言葉は悠真の決意を後押しし、元気づける。

「でも、少なくとも傷が完全に癒えるまではここに留まってくださいね。無茶をして傷が開いては治療した意味がありませんから」

「え、いいのか⁉」

「もちろんです。この教会はそのためにあるのですから」

「いや、でも何もしないでここに留まるのは……」

正直悠真にとっては有り難いことこの上ない提案だ。

少なくとも、暫くの間の衣食住は保障されるのだから。

だが、無償でというのにはやはり抵抗があった。

シャルナはそんな悠真の呟きを聞いて柔らかく微笑む。

「やはり、あなたはとても優しい方です」

「いや、別にそんなことは……」

「そういうところもですよ。……では、こうしましょう。ユーマさんが自分の暮らしに困らなくなったその時には、私のお願いを一つ、聞いてください」

「そんなのでいいのか？」

「ええ。それで、十分ですよ」

心の底からそう思っているのであろう彼女の笑みに見惚れながら、悠真は首を縦に振った。

それから、思い出したように違う話題を切り出す。

「そういえば、さっきのってなんなんだ？」

「さっきの、ですか？」

悠真の要領を得ない問いにシャルナは小首を傾げる。

怪我人を治療する際、シャルナが起こした現象。彼女が何かを呟いたと思うと手先から光が溢れ出し、それが収まるころには傷口が塞がっていた。

あの現象をどう伝えればいいものか。悠真の知る限り一番近い言葉があるとすれば、魔法……なんて不可思議で非科学的なものぐらいだ。

「あぁ、いや、さっき怪我人を治療している時にシャルナの手から光が溢れ出て、傷口が塞がっただろ？　あれって、なんなんだろうって……」

「そういえばユーマさんが見たのは初めてでしたね。あれは私の『加護』ですよ。皆さんは私の加護を《奇跡《ミラス》》——奇跡《きせき》なんて呼んだりしていますが。大袈裟な表現だと思いますよね？」

シャルナが苦笑しながら口にした言葉を、悠真は脳内で繰り返す。先ほど怪我人を治療していた力、それを人々は奇跡と呼ぶらしい。シャルナは大袈裟だろうと言っているが——

「――いや、大袈裟じゃないと思う。あれは間違いなく奇跡だ」

自分が今こうして生きていられるのも、奇跡と言って過言ではない。ならばそれを可能にしたシャルナの力は奇跡以外の何ものでもないだろう。

悠真の返答をシャルナは予想だにしていなかったのか、あたふたとしている。そんな彼女を見ながら悠真は顎に手を添えて呟いた。

「それにしても、加護？」

傷を癒やすシャルナの特異な力。それを彼女は自分の加護だと言った。加護というものを当然知らない悠真は疑問の色を含んだ声で問い返す。その呟きを拾ったシャルナは「はい！」と朗らかな笑みを浮かべた。

その笑顔からも、先の説明からも、恐らく加護という言葉は当たり前に使われるものなのだろう。

だが生憎《あいにく》、この世界の住人ではない悠真が知るはずもない。

「えぇっと、質問続きで悪いんだけど……加護って、何？」

「――――」

聞くか聞かざるか一瞬躊躇《ためら》ってから発した疑問に、案の定というか、シャルナは絶句していた。目を見開き、口元に右手を添えるという三文芝居のようなオーバーリアクションだったが、決して芝居をしているわけではないのだろう。

つまりそれほどまでに、加護を知らないことはおかしなことらしい。

しばしの絶句の後、少なくとも見た目には平静を取り戻した様子のシャルナは、姿勢を正して僅かに震える声で悠真に確認をとる。

「……まさか、ユーマさんは記憶を失っている、というわけではありませんよね？」

「あー……記憶は失っていない、と思うけど」

その通り、実は記憶を失っています、なんて言えたらもう少し楽になったかもしれないが、それはしたくはなかった。

結果、またしても曖昧な態度で応じてしまう。

そんな彼の反応をどうとったのか定かではないが、シャルナはひとまず小さく息を吐くと、真剣な面持ちで語り出した。

「まぁ、詮索はやめておきましょう。ユーマさんにも事情があるのでしょうし。――加護というのは、創造神がこの世界に与えられた法則の総称のことです」

「創造神が世界に与えた、法則の総称……？」

「はい。かつて古《いにしえ》よりも前、この世界が創造される前の時代、七柱の神々が存在していたと言われています。その中でも一線を画した力を持っていた創造神は、他の五柱の神々を贄《にえ》とすることでこの世界を創造しました。大地や太陽、月や自然、海に至るまで。あらゆるものは五柱の神々の力によるものだと伝えられています」

「世界の創造、それを支えたのが五柱の神々ってわけか……」

所謂神話というやつだろう。昔の人々が創った壮絶な物語。実際に神が存在しているわけがないと思いつつも、その神話に一つの違和感を抱いた。

「ん？　最初神々は七柱いたんだよな？　でも世界の贄になったのは五柱……一柱足りてないか？」

「ええ、ユーマさんのおっしゃる通りです。世界を創造する際、協力しなかった神が一柱だけいました。その神こそが、邪神と呼ばれる存在なんです。邪神はある時、世界を我が物にせんと、創造神に反旗を翻《ひるがえ》しました。創造神から世界を奪い、新たなものへと創り変える。そのためにまず、邪神は地上に蔓延《はびこ》る不要な存在を消すことにしたんです。それが——人類でした」

「……待て、なんとなーくその先が読めてきたぞ。つまりあれか、ゴブリンとかってのは……」

「ええ、邪神によって生み出されました。世界の破壊と創造にとって不要な知識を持った生物たる人類を滅ぼすために、邪神は世界に新たな生物——『魔物』を創り出したんです」

「……………」

思わず、悠真は黙り込む。

作り話かと思って聞いていたが、聞けば聞くほど真実なのではないかと錯覚する。

だが、錯覚するだけであって信じるわけではない。現代の地球にも、架空の神話はいくつも存在するのだ。

思考の海を漂う悠真を見つめながら、シャルナはようやく本題に戻る。

「邪神の暴走によって、人類は魔物に狩られ始めました。ただ、それを創造神は黙って見過ごしはしませんでした。邪神がこの世界に魔物が生まれるという法則を創ったように、創造神もまた、人間に『加護』という形で魔物に対抗しうる力を与える法則を創ったのです」

「つまりこういうことか。加護っていうのは創造神によって人類に与えられた、魔物に対抗するための常識外の力、だな」

「ええ、その通りです。この世界に住まう誰もが必ず持っている力。そして私が持っている加護による力が、先ほどユーマさんが見たものです」

「なるほど、な……」

嘆息しながら、悠真はガシガシと髪を掻き乱す。

恐らく、シャルナが先ほど見せた現象──《奇跡《ミラス》》というものについては地球の科学理論を用いたところで説明のできないものなのだろう。

だからその力が、神が与えた異能だと言われたら認めるほかない。

神などいない、そのはずではないのか。

（……いや、そもそも地球と同じ理屈で考えるから駄目なのか）

地球とは異なる世界。地球には存在しない不可思議な力。魔物という敵の存在。

ここまで揃えば、神がいても不思議ではないのかもしれない。

そんな可能性の一つを思いながら、悠真は何気なく呟いた。

「それにしても、迷惑な話だよな。世界の奪い合いをしたいなら、地上で間接的に戦わずにその創造神と邪神が一対一で戦えばいいのに」

「同じことを、きっと二柱の神々も考えたはずですよ。けれど、できなかった」

「どうして？」

「この世界が、神々の力に耐えることができないんですよ。もし二柱の神々がこの地で争い合えば、結果がどうなろうと世界が耐えきれず消滅したはずです。それだけは、どちらの神も避けたいですからね。だからこうして回りくどい間接的な戦いをせざるを得なかった」

「世界が消滅……。いまいちピンとこないな」

悠真がそう呟くと、シャルナはくすりと笑った。

「ユーマさんは不思議な人ですね。今の話を初めて聞いたかのような反応です」

「いや、似たような話を聞いたことはあるんだけど、見たことがないものが存在していると言われてもいまいちね」

地球の神話を読んで心躍った時期は確かにあった。だが、実体のない神をどう信じろというのか。

「ふふ、私も見たことはないですよ」

「シャルナは、この話が本当だって信じているのか。どうして？」

口にしてから、愚かな問いだと気付いた。

シャルナは教会に仕えるシスターだ。神を信じ、神に従事し、神に仕えている人間。

そんな人間に神を信じているのか、なんて聞けば、怒られても無理はない。

だが、シャルナは意外にも怒らなかった。

「神はこの世界を今も見守られていますよ。だって——その証拠に加護が存在しているじゃないですか」

（そういうものなのか。……いや、この世界では当たり前の認識なんだろうな。俺が異端なだけで。いい加減思考を切り替えていかないといけない）

ここで生きていくのであれば、ひとまず今の話を信じていくべきなのかもしれない。少なくとも加護の力は実際にこの目で見たのだから。でなければ、この世界で孤立してしまう。

「……っ、そ、それでシャルナの加護は怪我を治すってことなのか。ん？　さっきの話を聞く限り、加護ってのは全員共通ってわけじゃないのか」

「私の加護の性質は、正確には『怪我を治す』とは少し違いますが、概ねその通りですね。もちろん、加護の使い方もその力も人それぞれです。そしてその力は魂の大きさに比例しています」

「魂？」

「ええ。その人が、この世界で一生を過ごす間に及ぼす影響力。その大きさです。人は魂の大きさ以上の影響を、世界に及ぼすことができません。逆に、魂が大きい人間はそれこそ後世まで語り継がれる偉人になり得る資質もあります」

「魂ってのは、見えるのか？」

「いいえ、普通は見ることができません。ただ、ごく稀に加護の力により他者の魂の大きさを視《み》ることができる方が存在すると聞いたことがあります。ですが、普通の人は自分の魂の大きさすら知ることができないです。まぁだからこそ、人は努力をし続けられるのだと思いますけど」

シャルナの言う通り、自分という存在が世界に及ぼす影響の限界を明確な形として知ったなら、果たしてその人は歩みを止めることなく努力し続けることができるだろうか。

どれだけ努力しようとも僅かな影響しか残せないと知りながら。

その答えは、恐らくは否であろう。

「自分の加護……」

どこか含みのある呟きに、シャルナが反応する。

「？　もちろん、ユーマさんも自分に与えられた力を知っていますよね？」

「……いや、それがわからないんだ」

「……ッ!?　いえ、ごく稀に加護を知るのが遅い方もいますから、きっと近いうちに自分の加護も知れると思いますよ。その、すみません、余計なことを聞いてしまって」

「べ、別に気にしてないって！」

深刻な表情で頭を下げられ、悠真はあたふたする。

この世界で生まれたわけではない自分が加護を持っていないのは何もおかしい話ではない。だが、それを知らないシャルナからすれば、きっと何か傷口を抉《えぐ》るような問いをしてしまったと思ったのかもしれない。

「一応聞くけど、自分の加護ってどうやって知るんだ?」

「そうです、ね。ユーマさんもそう遠くないうちに理解すると思いますが……物心ついたある時に、自分にはこういう力があって、こういう風に使うのだとふっと理解するんです。それはもう突然に」

「……?」

「たぶん体験してみないとわからない感覚なんだと思いますが、そうですね……今私たちが歩けるのと同じ感覚です。歩こうと思って歩きますけど、どういう風に歩いているのかはわからないじゃないですか? 勝手に足が動いて……あぁ! すみません、説明が下手でッ!」

頭を勢いよく左右に振りながら、シャルナが再び頭を下げる。

「いや、大丈夫! なんとなくわかったから。つまり、何故かいつの間にか使えるようになっているってことでいい?」

「そういうことです……。あの、気休め程度ですが——」

「うん?」

シャルナはベッドに腰掛ける悠真の頭に優しく右手を乗せる。

「——あなたに、主のご加護の在《あ》らんことを」

そう呟いて、シャルナは微笑んだ。

「あっ、ありがとう」

「いえ、直《じき》にあなたにも神のご加護が訪れますよ。では、私はそろそろ戻ります。くれぐれも大人しくしておいてくださいよ？」

「わかってます……」

悠真に念を押して部屋を後にしようとした矢先、シャルナが何かにつまずいたようにその場で倒れかける。

「きゃっ……！」

そんな可愛らしい声と共に、辛うじて踏ん張る。そして、その一連の出来事を見ていた悠真のほうに向き直り、少し照れた笑いを浮かべた。

「すみません、お騒がせして」

「それはいいんだけど、それよりも大丈夫なのか？　さっきここまで来る時もフラフラしてた気がするけど……」

「少し、先ほどの治療で疲れただけですよ。休めば治ります」

「そ、そう……」

悠真に大丈夫だと伝えながら、シャルナは今度こそ部屋を後にした。

その後ろ姿が何故だろうか、ひどく儚いものに見えた。

† † †

悠真が教会に身を寄せてから一週間が経った。

傷口から生じる痛みもすっかり消え、ほぼ完治したといっていいだろう。悠真はその日の朝、教会を探索しながらシャルナの姿を探していた。

「こうしてみると、本当に広いよな……」

本殿以外にも大きな庭や食堂、講堂といった大人数が集《つど》える部屋が数室。他にも、悠真が居候《いそうろう》しているような少し小さめの部屋が見た限りでも数十部屋あった。

「ん？　っと、おはようございます……」

木造の廊下を進みながら、前から歩いてきたシスターに挨拶をする。

すれ違ってから、悠真は「そうだ」と思い至り振り返りざまに再度声を掛けた。

「あ、すいません。えっと、シャルナがどこにいるか、知っていますか？」

「シャルナ……!?」

悠真が聞くと、シスターは不快そうに顔を歪めた。

「シャルナ様でしたら、庭の手入れをされておりますが。あそこには薬草もありますので」

「あ、ありがとうございます」

（様……？）

シャルナの所在を教えてくれたことに会釈《えしゃく》しながら、悠真は心の中で、シスターがシャルナのことを様付けで呼んだことに首を傾げる。

ともかく、シスターに言われた庭に向かうことにした。

木造の廊下――つまるところ側廊《そくろう》だろうか――を抜けて、教会へ辿り着く。

荘厳《そうごん》な造りの教会を挟んで、今歩いてきた廊下とはちょうど対称の位置に、もう一本の廊下が見える。

そこを少し歩くと廊下を風が抜け始め、やがてその先に広がる緑が見えた。

教会は入り口を除いてその周囲を木々で囲まれている。

まだこの教会を出て街を歩き回ったことはないが、木々や建物からもこの一帯が遠くから見ても目立つであろうことは容易に想像できた。

木々の合間から射し込む朝日に目を細めながら、悠真はシャルナを探す。

地面に生えている草花を踏む音が妙に心地よい。

少しして、庭の隅の方に屈み込んでいるシャルナの後ろ姿を捉えた。

「シャルナ！」

「……あっ、ユーマさん。どうされましたか？　こんな朝早くに」

振り返ったシャルナは、声の主が悠真だということに気付くや否や右手で額の汗を拭《ぬぐ》う。が、拭った後の彼女の額には土がついていた。

「……ぷっ」

「ふぇ!?　な、何を笑っているのですかっ?」

思わず噴き出した悠真を見て、シャルナは戸惑いのあまり気の抜けた声を漏らす。

「あぁ、いや、なんでもない。それにしてもこの教会ではたくさんの怪我人を抱えているんだな」

強引な話題転換が不満なのか、シャルナは小さく頬を膨らませつつ悠真の問いに答えた。

「ええ。教会は傷ついた人々を癒やす場所。精神的にも、肉体的にも。そういうところですからね。ユーマさんのような方はたくさんいます」

「でもさ、その人たちからはお金を貰っていないんだろ?　どうやって運営しているんだ?」

この一週間、教会で過ごす中で悠真は自分と同じ境遇にある人たちをたくさん見た。

悠真と同じくゴブリンといった魔物との戦闘、あるいは事故などで傷ついた人たちを住まわせて治療する。その在り方はまるで病院そのものだが、肝心の治療費や入院費をとっていない。

「あぁ、そのことですか。確かに怪我をされた方たちからはいただいておりませんが、教会は国やその地域を治める領主の方、あるいはギルドから資金というか寄付をいただいているのです。国や領主にとって民の心の拠りどころとなる教会は欠くことのできない場所ですし、ギルドからすれば、ギルド所属の冒険者たちの治療施設として重要です。利害の一致ということでしょう」

「なるほど、それで無償で……」

納得がいったと頷く悠真。

「それでユーマさん。なんの御用でしょうか?」

「あぁ、そのことなんだけど……俺って、もう怪我もほぼ完治しただろ？」

「そう、ですね……」

ジッと、怪我を負った悠真の腹部と左腕に視線を移してから、シャルナは頷く。

「だから、そろそろギルドに行って、冒険者になろうと思うんだ」

「……まぁ、もともとそう仰っていましたからね。討伐依頼以外でしたら問題なくこなせるかと思いますし、いいと思いますよ？」

冒険者になるということは既にシャルナに告げている。今更確認するべくもない。それを理解しているのは他でもない悠真のはずだ。

ならば、何故わざわざそれを確認しにきたのかと、シャルナは視線で訊ねる。

その視線を受け、悠真は口を開こうとするも、一旦噤《つぐ》んでしまう。何故なら今から口にすることの図々しさを誰よりも理解していたからだ。だが、生きるためにも恥を忍んで頼むしかない。

「……そのことなんだけど、正直言って今俺は無一文で、冒険者になるにしても宿代が稼げるかどうかわからない。だから、怪我も治っているのに厚かましいと思うんだが、生活が安定するまでもう少しだけここに住まわせてくれないかな？」

深々と頭を下げる。

これが、この一週間で悠真が必死に考えた末に出した結論だった。

冒険者になったからといって、きちんと暮らしていける保証はない。

何せ、悠真は今まで労働というものに携わったことがない。討伐依頼以外のものにせよ、満足にこなせるかどうかも危うい。

少なくとも最初のうちは宿代どころか食費すら稼げないだろう。

だからこそ、図々しいのは百も承知で、シャルナに頭を下げたのだ。

しばしの沈黙。

周囲の草木が風に揺れる音が、悠真の耳には妙に冷たく感じられた。

風が収まると同時に、シャルナが口を開く。

「――主は救いを求めぬ人を見捨てられた。主は救いを求めし人を助けられた。人は嘆いた。救いを求めぬ者にせめてもの慈悲をと。故に、主は命じた。人が人を救えと」

「…………？」

静かな声音で、シャルナが優しく呟いた言葉。その意味がわからずに悠真は戸惑いを露わにする。

そんな彼を見て、シャルナはくすりと柔らかく微笑みながら続ける。

「もちろん、かまいませんよ。ですが、もう怪我人ではない以上、何もしないで……というわけには……」

シャルナ自身は悠真が留まるのを是としたとしても、他のシスターの目あるいは教会の役割から考えて、怪我が癒えた彼がタダで居座るのはやはり無理があるらしい。

彼女の呟きに、悠真は食い気味にのっかる。

「じゃ、じゃあ俺ができる範囲で教会の手伝いをするってことで……無理かな？」

できることといえばそのぐらいしかない。今の悠真には、その身以外に差し出せる対価がないのだから。

悠真の心からの嘆願に、シャルナは一瞬目をぱちくりとさせてから、微笑みながら口を開いた。

「──では、ユーマさんにはいろいろとお手伝いしていただかないといけませんね！」

木漏れ日に照らされるシャルナ。

美しい笑みを浮かべる彼女は、まさに悠真にとって女神のようだった。

「あ、ありがとう‼」

心からの感謝を口にしながら、空を見上げる。

ともあれ、なんとか居場所を得ることができた。

なら、あとは──

「──ギルドに行くか」

歩き出した悠真は、突如放り込まれたこの世界で、冒険者として生きていくことを改めて胸に誓ったのだった。

第二章　ギルドの受付嬢

「ここが――ギルド」

シャルナに聞いた建物の前に立ち、悠真はごくりと唾を呑み込んだ。

一週間が経ちながらもずっと教会の中で療養していた悠真は、ついに今日、初めて街へと足を踏み出した。

木造の建物や未舗装の道。地球のようにアスファルトやコンクリートが一切使われていないそれらを見て、悠真は改めてここが異世界であることを実感し、なんとも言えない気持ちになった。

そうして辿り着いたギルド会館。

「このまま突っ立っていても仕方ないな。入るか……」

木でできたドアをゆっくりと押して中に入る。

ドアを開けた瞬間、館内の喧騒が悠真の全身を襲った。ところがその中に一歩足を踏み入れた途端に騒がしさが収まり、人々の視線が悠真へと一斉に向けられる。

「……っ」

一瞬怯《ひる》みながらも、ギルド会館の中を見渡す。

シャルナから聞いた話によれば、カウンターに受付嬢がいるらしく、そこで冒険者になりたいと告げれば対応してくれるらしい。

それらしいものはどこなのかと、キョロキョロと見渡す。

すると、ホールの一角に列ができている場所があることに気付き、ひとまずそこに向かう。

「ん？」

どうやら受付らしい。だが列に並ぼうとしたところで悠真は眉を寄せながら足を止めた。

間違いなく受付のようなのだが、受付嬢が二人いるにもかかわらず、片方には長蛇の列、もう片方には二、三人しか並んでいない。

時間が惜しい……というわけではないが、空いているに越したことはないと悠真は人の少ない受付嬢の列へ並ぼうとして、迷う。

（何か曰く付きなのか……？）

湧き上がった不安。その不安が悠真の足を踏み留まらせた。

人の少ない列の受付嬢を見る。

彼女はちょうど今、冒険者の応対をしていた。

背丈は女性にしては高いほうか。肩ほどまでの水色の髪と瑠璃色の瞳。悠真の第一印象は綺麗なお姉さん、といった感じだった。

一見したところ特に受付嬢として問題はないように思われる。会話している屈強な冒険者も不快そうな様子はなく、むしろ鼻の下を伸ばしている気がする。

何も知りもしないのに避けるのは失礼だし、新入りだというのにギルドで働く人間の反感を買うのは得策ではない。

悠真はそう結論付けて、その受付嬢の列に並んだ。

「――？」

直後、なんだかよくわからない悪寒が背筋を這《は》う。周囲の冒険者から睨まれているような、そんな感覚だ。だが心当たりもなく気のせいだろうと思い直し、悠真は自分の番が来るのを待った。

程なくして前の冒険者の用が済み、悠真はカウンターへと進んだ。

「あ、あのぉ……」

「……ッ！」

どう切り出していいものか悩みながら、恐る恐る声を掛ける。

受付嬢は一度目を細めて悠真を見据えると、それから何かに驚いたようにその青い瞳を見開いてしばし固まった。

何か失礼なことでもしたのだろうかと不安になりながら、悠真は確認する。

「えっと、ここがギルドの受付ですよね……？」

「――っ！　……ええ、その通りだわ。ギルド会館へようこそ。受付のネロ・フォレスよ。用件は？」

悠真の問いでネロはハッと我に返ると、そこからは淡々とした業務口調で応対を始める。

時折悠真を捉える視線は値踏みするようでもあり、警戒するようでもあった。

そんな視線に気圧《けお》されながらも、悠真はここに来るまでに何度も心の中で反復しておいた言葉を口にした。

「冒険者になりたいんですけど。登録はここでよかったでしょうか？」

「ええ。……じゃあ、ここに名前と年齢を」

用件を聞いたネロは、カウンターの下をゴソゴソとまさぐり、地球のものと比べてあまり良質には見えない紙のようなものを差し出した。

「え、名前と年齢……？」

受け取った用紙には何やらよくわからない模様が刻まれていた。恐らく、これがこの世界の文字なのだろう。

（全く読めない！　え、聞いたり話したりはできるのに、まさか読み書きはできないのか!?　計算外だった……ちょっと待て、こういう時はどうすればいいんだ？）

予想だにしていなかった展開に、悠真は酷く動揺してしまう。だらだらと汗を噴き出しながら紙を凝視する悠真を、ネロは訝《いぶか》しみながら見つめていた。

「どうかしたの？」

「あーっと、実は読み書きができないもので、代筆をお願いできたりしますか？」

「なるほどね。……わかったわ。じゃあ名前と歳を……」

唐突な悠真の頼みは、意外にもすんなりと受け入れられた。よくよく考えれば地球にも識字率が低い国はいくらでもある。この世界ももしかしたら読み書きができる人のほうが少ないのかもしれない。

「篠原悠真……名が悠真で、姓が篠原です。歳は十六です」

「ユーマ・シノハラ、十六歳、ね。じゃあ手続きをしてくるから少し待っていて」

そう告げて、ネロはカウンターを離れて奥へと引っ込んでいく。

彼女の姿が消えたところで悠真は小さくため息を吐き、なんだかなぁと項垂《うなだ》れる。

（いや、別ににこやかに微笑んで欲しいとかそういうことを求めていたわけじゃないんだけども。こういう公共の施設の受付って、もっとこう柔らかくて丁寧な言葉遣いのイメージがあったんだけどなぁ）

ネロの口調には抑揚がまったくなく、愛想笑いもまるでない。この世界で出会ったはじめての人がシャルナのような柔らかいタイプだっただけに、悠真にとっては軽くトラウマになりそうな落差だった。

それとも、この世界の受付嬢はあれが普通なのだろうかと思い、悠真は長蛇の列を作っている隣の受付嬢を見やった。

「――うぇっ!?」

直後、顔の向きをすぐさま元に戻す。横に並ぶ冒険者たちの誰もが忌々《いまいま》しそうに悠真を睨みつけていたのだ。

(……あの人たちとは、初対面だよな。え、知らない間になんかしちゃったのか?)

嫌な汗をかきながら悠真はごくりと唾を呑み込み、一切横を見ないようにしながらネロが戻ってくるのを待った。

やがて手続きが終わったネロが戻ってくる。

「これがギルドに所属する冒険者であることを証明する登録証。失くしたら再発行にお金がかかるから、絶対に失くしたらダメ」

言いながらネロは、一枚のカードのようなものを悠真に手渡した。

(不思議な材質だな。プラスティックでもないし、ただの紙でもない)

硬い木材でできたようなカードを悠真はジーッと見回す。

が、いかんせんそこに何が書かれているのかがやはりわからない。

(シャルナに字を教えてもらおう。というか、字が読めないと不便過ぎる)

心の中でそんなことを決意していると、ネロが説明を始めた。

「依頼は基本的にこのギルド会館で受注してもらうわ。あそこの壁に貼られている依頼書から適当なものを選んでこの受付に持ってきてくれたら、ネロや他の受付嬢がその冒険者で達成可能かどうかを判断する。可能と判断されれば受注完了ね。期限内に依頼を達成し、ここで報告をすれば完了。討伐依頼だったら定められた部位を提出したり、採取だったらその素材を提出すること。問題なければ報酬を支払うわ」

「可能かどうかを判断というと？」

「登録証の右上を見てみて」

懐にしまった登録証を再び取り出すと、右上に『Ⅹ』と刻まれていた。

（これって、エックス……？）

首を傾げる悠真を見つめながらネロは続ける。

「今のユーマはそこに刻まれているように第十位冒険者ということよ」

「第十位冒険者？」

いきなり名前を呼び捨てされたことよりも、未知の言葉に注意が向いた。

「ええ。冒険者は十の階級に分けられる。素人、駆け出しの冒険者が第十位（Ⅹ）、第九位（Ⅸ）、第八位（Ⅷ）。中堅の冒険者が第七位（Ⅶ）、第六位（Ⅵ）、第五位（Ⅴ）。熟練の冒険者が第四位（Ⅳ）、第三位（Ⅲ）。そしてそれ以上の冒険者が第二位（Ⅱ）、第一位（Ⅰ）。それぞれの冒険者の階級や実績、人格などを鑑《かんが》みて、提出された依頼が適切であるかどうかを判断するの」

「へぇ……、その階級ってどうやったら上がるんですか？」

「基本的に依頼の成功回数やその難易度を見てギルドが判断する。ただし、第七位以上に昇格するには別途、ギルドが用意する昇格試験をクリアする必要があるわ」

第七位冒険者になれば初心者は抜け出せたということか。

ならひとまずそこを目指そうと悠真は決めた。

（ま、討伐依頼は嫌だけどな）

危険度が高い依頼であれば階級も上がりやすいだろう。だが、悠真は急ぐつもりもなかった。この世界での地位など、いつか地球に帰還することを考えれば大して重要ではない。

何より、急《せ》いては事を仕損じる。安易に討伐依頼を受けて死んでしまえば元も子もないのだ。

「これで簡単な説明は終わりだけど、何かわからないことは？」

ネロが悠真に聞く。正直なところ、考えれば聞くべきことはいくらでも出てくるだろう。ただ、今詰め込み過ぎてもすぐに忘れてしまうに違いない。

ならばわからないことが生じた時にその都度聞けばいいと悠真は決めた。

「いえ、大丈夫です」

「そう。じゃあ、何かあったら遠慮なく声を掛けるといいわ」

ギルドの受付嬢ネロ・フォレスは、悠真の瞳を真っ直ぐ見つめてそう告げる。その視線に背筋を伸ばしつつ、とても遠慮なく声を掛けられるタイプじゃなさそうだなと悠真は密かに感じていた。

† † †

（さて、どうするか……）

冒険者登録を終え受付を後にした悠真は、しばし天井を見上げながら考え込んだ。

このまま依頼を受けてみるもよし、それとも今日のところは登録だけに留めておくか。

（とりあえず、どんな依頼があるのかだけでも見ておこう）

先ほどネロから聞いた依頼書が貼られたボードに向かう。

壁の辺りは悠真と同じように依頼を選ぶ人たちで軽い人だかりができていた。今日冒険者になったばかりで人脈もない悠真はそこに入り込むこともできず、少し遠目から眺める。

依頼書は羊皮紙でできているようだった。それはわかったのだが……

（……あ、字が読めない）

先に気付けよと、思慮の足らない自分を心の中で殴りながらどうしたものかと困り果てていると、不意にこちらを見ていたネロと視線が合った。

「あ、ネロさん。その……依頼書が読めないんですけど……」

ポリポリと頬を掻きながら、ネロのいる受付に歩み寄る。

そんなこと初めからわかっていたのに馬鹿じゃないの、とばかりにネロは深々ため息を吐くと、カウンターの下に手を入れ再びゴソゴソと何かを探し始める。

「……じゃあ、ユーマにもできそうな依頼をネロが見繕《みつくろ》うわ」

「お、お願いします」

取り出した羊皮紙の束に視線を落としながら、少しの間ネロは黙考する。

「ゴブリンの討伐なんてどう？　近くの森で最近ゴブリンが大量に発生しているから、今なら一体討伐するごとの報酬も上がっているわ」

「い、いや！　それは結構です！」

「……？　そう、なら他のを……」

悠真が即座にゴブリンの討伐依頼を断ると、ネロは意外そうに眉を寄せる。それから再び依頼書の束に目を通し始めた。

「そうね……まだ昼前だから雑用はあまりないわね。薬草の採取なんかが良いと思うけどどう？というより、これを断られると現時点でユーマがやれそうな依頼はないわ」

「薬草の採取？」

「ええ。これは教会からの常時依頼だけど、治癒薬の材料となる薬草はいつも不足気味なの。その薬草の採取ね」

「教会の依頼ですか……」

（そういえば、以前シャルナが言ってたっけ。俺がこの世界に来た最初の場所——森に薬草を採り

に来ていたって）

つまり薬草を採取すれば少なからず教会の、シャルナの役に立つということか。

そう考えると悠真の中で俄然《がぜん》やる気が湧いてくる。

「その薬草ってどこで採れるんですか？」

「近くの森の手前の草原ね。森の中にはもっと貴重な薬草も生えているそうだけど、それは基本的に教会の人間が直接採りに向かうわ。なんでも見分けが難しいらしいから」

「なるほど。その草原ってモンスター……いや、魔物って出ますか？」

「そうね、ごく稀に森から魔物が草原にでてくることはあるらしいけど、基本的には大丈夫よ」

なるほど、と顎に手を添えて悠真は考え込む。

「その依頼って、誰かと協力しても達成になりますか？」

「というと？」

「薬草を見分けるために、詳しい人と一緒に草原に行って採取するとか」

「それなら問題ないわ。ただ、その人に薬草の採取を一任するのはダメ。明らかな不正が発覚したら、場合によっては一定期間の依頼受注禁止の制裁措置も取るから、そのことは覚えておくことね」

でも、不正をしたとしてそれが発覚することが果たしてあるのだろうか。

薬草の採取でも、採取したところを見られない以上バレることはないだろう。

悠真の考えが顔に出ていたのか、ネロが補足する。

「低い階級の依頼だと、正直なところ誰にでも行えるわね。だからギルドとしては不正が行われたところで大した問題ではないの。他人に採取させようと、あるいは市場で仕入れようと」

そう言ってネロは何やら挑発するように笑みを浮かべた。

「だから、ユーマがそういった不正をしても、バレなかったら問題ないわね」

ネロの言葉に、悠真は咄嗟《とっさ》に「しませんよ！」と叫ぶ。その反応が受けたのか、ネロは口に手をあててクスクスと笑っている。

ネロが悠真の前でこんな風に感情を表に出すのは初めてだったため、思いがけずその笑顔に見惚れてしまう。

「高難度の依頼になればなるほど、不正なんてすぐにバレるわ。大体、高位の冒険者になってそんなことをしていたらどこかで必ず痛い目に遭う。最悪、命を落とすわ。実力がなければ生きていけない世界だから。それに昇格試験には試験官が付き添うから、そこで実力はバレるわね」

実力者ほどそのことをきちんと理解している。だからこそ、高い階級の依頼での不正はほとんどないらしい。もっとも、低い階級の依頼はその限りではないらしいが。

ひとまず一連の話を踏まえて悠真は考える。

実際、薬草のことに関してはシャルナに聞くのがいいだろう。

教会に行けば実物も残っているだろうし、仮に無くても見分け方ぐらいは教えてくれるだろう。

加えて、魔物もほとんどでないという。もし遭遇したとしても、街に近いのだからすぐさま逃げれば問題ない。

これはまさに、自分にうってつけの依頼ではないだろうか。

まずは教会に戻ってシャルナに聞いてみるか。

「その依頼、いつでも受注できるんですよね？」

「ええ。常時依頼だからいつでも。ここに来てくれれば問題ないわ」

「じゃあ一旦戻って、後でその依頼を受けに来ます」

「そう。なら待っているわね」

ネロの言葉に頷き返しながら、悠真はギルド会館のドアを開けて外に出る。

向かう先は、この世界で悠真が帰ることのできる唯一の場所、教会だ。

† † †

「――っと、シャル……」

教会に戻った悠真は、いの一番にシャルナを探そうとする。

だが、探す間もなく彼女を見つけた。

――礼拝堂。

教会の最奥、ひと際厳かな雰囲気が漂うその場所に、彼女は一人でいた。

悠真は彼女を視界に捉えた瞬間反射的に声を掛けてしまうが、途中で口ごもる。

両膝を地につき、両手を組んで光射す天井を見上げるシャルナ。

神に祈りし彼女のその姿は――美しかった。

その美しさを醸し出す彼女の行動を自分の些末な用事で遮ることに、どうしようもない罪悪感が芽生えたのだ。

それから彼女が祈りを終えるまでの数分の間、悠真は黙ってその姿を見つめていた。

「ユーマさん？」

不意にシャルナが振り返り、悠真を見つけると声を掛けてきた。

見惚れていた悠真は少し反応に遅れる。

「あぁ、いや、邪魔したら悪いかなと思って」

「ふふ、それでしたらたった今終わりましたのでかまいませんよ。それで、どうかされましたか？」

悠真の顔を見て自分に何か用があるのだろうと察したシャルナが促す。

「少しお願いがあってさ……って、シャルナには頼みごとをしてばかりだな」

「気にしないでください。あの、お願いというのは？」

「朝言った通り、さっきギルド会館に行って冒険者登録をしてきたんだ。それで、俺にも受けられそうな依頼を受付の人に相談したら、薬草採取っていうのがあるらしいんだ。でも、ほら、薬草の見分け方もわからないし。もしシャルナがよければ、ちょっと薬草について教えてくれないかな?」

「薬草採取、ですか。ええ、いいと思いますよ。ただ、今教会にある在庫は既に加工済みで……実物をお見せできればよかったのですが……。もしよければ、私も採取にお供しましょうか? どうせなら実際に採りながら説明したほうが覚えもいいでしょうし。この後少しやらなければならないことがありますので、お昼過ぎてからでよろしければお付き合いできますよ?」

「ほんとにっ!?」

「ええ、もちろん。あ、でも採取自体はユーマさんがしてくださいよ?」

笑みを浮かべながら、シャルナはおどけた感じで言う。

それに対して悠真は彼女にも同年代らしいお茶目なところがあるのかと妙な感動を抱きながら、わかっているよと苦笑し、感謝の言葉を述べる。

「本当にありがとう!」

「その言葉で十分ですよ。……あ、そういえばユーマさんにお渡しするものがあったんです」

「俺に渡すもの……?」

「はい! 正確にはお返しするもの、ですが。少し待っていてください」

悠真が彼女の言葉に頷き返すと、シャルナは急ぎ足で礼拝堂を後にする。

やがて何かを手に抱えて彼女が戻ってきた。

「これをっ、お返ししようと……っ」

走ってきたのか息を荒くしながら、シャルナは手に持っているものを悠真に差し出した。

「これって……」

悠真は驚きと喜びの入り混じった声を零す。受け取ったそれは、自分と故郷とを繋ぎ止める唯一の代物だった。

「……こんなものを、あって嬉しいなんて思う日が来るとは思わなかったな」

苦笑しながら、黒一色の少し厚手のそれを広げる。

胸元には五つの光るボタン。紛れもなく、悠真が高校に通う際に着ていた制服——学ランだ。

よく見ると、所々丁寧に縫われていた。

「これって、シャルナが縫ってくれたのか？」

「はい。あらゆるところが破れたり解《ほつ》れたりしていたので、応急処置でしかないですが……。とても上質な素材でできているので、捨てるのも惜しいかなと思いまして。その、勝手に触ってすみません」

「いや、本当にありがとう！　……さすがにこれを着るわけにはいかないけど、でも俺にとってとても大切なものなんだ。こうして手元に戻ってきてくれただけでありがたいよ」

ゴブリンからの逃走、そして戦闘を通して学ランはボロボロになり、とてもそのまま着ていられる状態ではなかった。

だが少なくとも、今手元にある学ランは着ようと思えば着られる……というレベルにまでは修繕されていた。染みついていたはずの血痕もある程度取り除かれている。

「あと、こちらも。今後冒険者をされるのであれば、その服ではいろいろと不便かと思いますので、よろしければ……」

「これって、服？」

受け取ったのは、アンティーク調の服一式。いかにも冒険者らしい、軽くて動きやすい服だ。今悠真が来ている服は麻でできた簡素なものなので、依頼の際にはこれを着ろということらしい。

「なんだか、シャルナには貰ってばかりで申し訳ないな……。ここを出るころ、返しきれないまでに恩が積み重なっていそうで怖いよ。いや、今でも十分返しきれそうにないんだけど……」

悠真の言葉に、何が可笑しいのかシャルナはくすりと笑う。

それから、何かを思い出したように口を開いた。

「あ、その服の代わりと言ってはなんですが……」

「ん？」

「少しお手伝いしていただきたいことがあるんです。手伝ってくれますか？」

首を傾げて彼女は聞いてきた。

対する悠真の答えは、考えるまでもない。

「もちろん。というか、そんなのじゃあまったく代わりにならないよ。何よりここにいる以上手伝いをするのは当然だし、そういう約束だろ？」

悠真は胸を叩きながら「なんでも任せてくれ！」と威勢よく言い放つ。

その態度を見て、シャルナはにっこりと微笑んで告げた。

「ユーマさん、料理って得意ですか？」

† † †

「…………」

悠真は、顔を引《ひ》き攣《つ》らせながら教会の厨房《ちゅうぼう》にいた。

いや、正確には教会の外にある建物の厨房だ。

シャルナに料理はできるかと聞かれて、悠真は頷いた。

別に見栄を張ったわけではない。悠真の両親は共働きで忙しく、家に帰らない日も多々あった。

そんな中で、悠真は三つ下の妹のために少しずつ料理をするようになったのだ。一般的な男子高校生よりも心得はあると自負している。

それ故に頷き、にこにこ微笑むシャルナについて厨房を訪れた悠真だったが、待っていたのは妹一人分の料理を作る作業とはまったく異なる仕事だった。

シャルナ曰く、なんでもいつも教会の食事を作っているシスターが相次いで体調を崩したために人手が足りていないらしい。

一食作るのにそれほど人手はいらないのではと思ったが、実際教会に勤めるシスターは数十人。加えて教会で保護されている怪我人などの食事も併せれば相当な量になる。

結果――

「ちょっとあなた！　ボサッと突っ立ってないで手を動かしてっ！」

目の前に並ぶ膨大な量のニンジンに呆然とする悠真に、近くで仕込みをしていたシスターの一人が活を入れる。

「は、はいっ！」

久しぶりに怒られたなと妙な感慨を抱きながら、悠真は弾かれたように包丁を握り、目の前のニンジンを刻んでいく。

幸い鉄を加工する技術があるぐらいには文明は発展しているらしく、今悠真が手にしている包丁も、切れ味こそ地球のものに劣るもののなまくらというわけではなかった。

調理器具自体も、土器や木製のものがメインではあるが、鉄製のものもなくはない。

何はともあれしばらくの間、悠真はニンジンの皮を剥《む》いては切る、剥いては切るという作業を延々と続けることとなった。

† † †

「お疲れさまでした、ユーマさん」

料理――といっても仕込み程度のことだが――を終えて、悠真は庭の芝生に腰を下ろしてボーッと空を見上げていた。

するとそこにシャルナがやってきて、声を掛けてきた。

「あんなに作るとは思わなかった……」

悠真が苦笑いしながら言うと、シャルナは少し申し訳なさそうに返す。

「すみません。私もお手伝いできればよかったのですが……」

「いやいや、これぐらい当然だよ。シャルナも忙しかったんだろ？」

「ええ、怪我人の治療が私の教会での主な仕事ですから」

「シャルナの加護――《奇跡《ミラス》》で、か。この教会にはシャルナみたいな力を持っている人はいるのか？」

「いいえ、私だけです。ですので、私は基本的に治療に専念します。洗濯や食事の用意などは他のシスターの方の仕事になっているのです」

「へぇ、シャルナの力って貴重なんだな。たくさんの人に必要とされているなんて、すごいよな」

「……いいことばかりでも、ありませんけどね」

「ん？」

悠真がシャルナの力を称えると、彼女は予想に反してその顔を曇らせた。

そしてふと何かを小さく呟くが、悠真の耳には届かない。聞き返しても、シャルナはすぐさま取り繕ったような曖昧な笑みを浮かべてはぐらかした。

「いえ、なんでもありません！　それより、シスターの皆さんが褒めていましたよ？　ユーマさんの料理の腕を」

「そ、そうか？　別に大したことじゃないんだけどな……」

言葉に反して、悠真の頬はだらしなく緩む。褒められて嬉しくないわけがない。

「しっかし、加護かぁ……」

あれから一週間、もしかしたら自分にも加護なんていう不可思議な力が目覚めるのではないかと期待して過ごしていた。

どんな力であれ、あって損はない。

むしろこの世界で生き抜くためにもなんらかの力は欲しい。

だが、結局加護らしきものが目覚めることはなかった。

呟きに含まれた悠真の心境を察したのか、シャルナは複雑そうな表情を浮かべる。

そんな彼女の変化にバツの悪さを感じて、悠真は力なく笑った。

「まぁ、俺は加護を使えなくて当然かもしれないから気にしてないよ。神を信じていない俺に、神が力をくれるとは思えないしな。——っと、シャルナの前で言うことじゃなかった」

「？　何がですか？」

「いや、だってほら、シャルナって聖職者だろ？　聖職者にとって、神を信じない人は敵みたいなものじゃないか」

悠真の言葉を聞いて、シャルナは目を丸くする。本当に心の底から驚いたという風に。

それから何が可笑しいのか、くすくすと笑った。

「ユーマさんは面白いことをおっしゃいますね」

「面白い？」

「だって、神を信じるも信じないも自由ですから。その自由は他でもない神自身が与えられたものです。ましてや神に仕える私たちがそれを強《し》いることはできませんよ」

そういうものかと悠真はなんとなく納得する。

地球とは違い、この世界には加護という神の存在を示す証にも近いものがある。にもかかわらず、神の存在を信じない者もいるという。だとしたら、その人たちにとって加護とは何なのだろうか。

（地球とはきっと神に対する考え方がまったく違うんだろうなぁ……。これがいわゆるカルチャーショックってやつか）

勝手に納得してうんうん頷く悠真に、シャルナが笑いを含んだ声を掛ける。

「さて、昼食にいたしましょう。それが済みましたら、先ほどのユーマさんの依頼をこなしに行きましょう」

その言葉に従って、悠真はシャルナと共に食堂へと向かった。

† † †

「すいません、今朝の採取依頼を受けたいんですが」

昼食を終えてから、悠真はシャルナを連れて再びギルド会館へ向かった。

今朝以上の強烈な視線に晒されながら、悠真はネロの元へ行き声を掛ける。

するとネロは悠真の後ろに立つシャルナを見て驚いたらしく一瞬固まった。

「あぁ、彼女に薬草の採取を手伝ってもらおうと思っているんですけど……」

「……そ、そう。別にそれはかまわないわ」

悠真の説明にネロは何故か釈然としない様子だが、そのまま手続きを進める。

「じゃあ、この薬草――ネロチンソウの採取依頼の受注を認めるわ。報酬はネロチンソウ一束につき五十マネ。いいわね?」

「は、はい」

『マネ』がお金の単位であることは辛うじてわかったが、価値がいかほどなのかがわからない。そういえばそのへんの知識もまったくなかったと悠真は今さら気付く。

だが、今日のところは収入よりも依頼を受けること自体が主目的なので、そのまま進めることにした。

「この依頼は無期限だけど、一度報告と精算をしたらまた同じ依頼を受ける際に手続きをやり直す必要があるわ。その辺りはよく考えて」

「ということは、ある程度薬草が溜まるまで報告をしなくてもいいということですか……」

悠真の確認の意味を含んだ呟きにネロは頷く。

纏めて一気にネロチンソウを持って行くか、頻繁に提出するかの違いでしかない。

これも特に問題はない。採取状況とお金の貯まり具合を見ながら検討していこう。

ネロが持つ依頼書を受け取る。

そのまま採取に向かおうと振り返ると、聞き耳を立てていたらしき周囲の冒険者が誤魔化すように視線を逸らした。

だが悠真たちが出口へと歩き始めると、再び彼らは容赦ない視線を向けてくる。

(この視線は、シャルナに向けられているもの、か?)

今朝の鋭い視線は悠真へのものだったが、どうやら今はどちらかといえばシャルナに集中していた。

彼女は彼らの中では有名なのだろうか。

いずれにしても、悠真自身はあまり歓迎されてはいないらしい。そんなことを考えながら、悠真は遠慮がちにギルド会館の外へと出た。

† † †

「………広い」

強い風に晒されながら、悠真は草原のど真ん中でポツリと小さく呟いた。

ギルドから受けた『ネロチンソウの採取』の依頼をこなすべく、シャルナと共に街を出てこの草原へと出向いた。

この異世界での通貨『マネ』の価値については、草原に至る道すがらシャルナに聞きながらある程度は掴んだ。

パン一個が約百マネ、普通の宿に一泊するのに大体五千マネという情報を踏まえて円に換算すると、おおよそ一マネで一円程度ということになる。

このあたりはわかりやすくていいなと思う一方、薬草採取依頼の報酬を思い出す。

ネロチンソウの採取の報酬は一束五十マネ。つまり五十円ということになる。

薬草がどれぐらい採れるのかはまだわからないのでなんともいえないが、その辺りに生えている草を二束採るだけでパンを一個買えるのはいささか楽過ぎやしないだろうか。

この依頼だけである程度生活できるのではないか、とそんな悠長なことを悠真は考えていたのが……

「はぁ、なるほど人生そんなに甘くないってことか」

ため息を吐きながら髪を掻き乱し、気だるげな視線を周囲一帯に送る。

——広い。そう、草原があまりにも広すぎるのだ。

しかも辺り一面に雑多な草が生い茂り、中から目当てのネロチンソウを見つけるのはなかなか骨の折れる作業になりそうだった。

そうそう楽には稼げないか。悠真はやや項垂《うなだ》れながらシャルナに向き直る。

「それでシャルナ、ネロチンソウの特徴は？」

「は、はい。えーっと……まず大きさはこれぐらいです」

そう言いながら、シャルナが手で大きさを示す。

が、よくわかりにくい。

表情を険しくする悠真を見て、んーっと少し悩みながらシャルナは周囲に視線を向ける。

「……あ、これがそうですねっ！」

屈み込み、懐からナイフを取り出して地面をごりごり削る。

そして、んっ……と小さく声を漏らしながら、生えている草をひっこ抜いた。

「これがネロチンソウですっ！」

満足げな表情で、採取した草を手の平に載せて悠真に見せる。

「これが……？」

「はい！　特徴としてはまず葉がギザギザしています。加えて、葉の裏に黄色い線が入っているんです」

「へー」

「ただ、少し背が低い薬草なので他の雑草に隠れて見つけにくいのが難点ですが。今も、こんなにすぐ見つかったことに驚きましたから」

説明に頷きながら悠真も先ほどのシャルナに倣《なら》ってしゃがみ込み、彼女が言ったことを心の中で反芻しながら目当ての薬草を探す。

「ギザギザした葉……これかな？」

葉をめくり、裏にあるという黄色い線を確認する。

「なんの変哲もないんだけど……」

「それは、ただの雑草ですね」

あはは……と、気を遣うように乾いた笑いを零しつつシャルナも悠真の近くにしゃがみ込む。

「ちなみに、参考までに一つ聞いていい？」

「どうされましたか？」

「例えばシャルナが今から一人でネロチンソウを探したとして、どれぐらい見つけられそう？」

「そうですねぇ……一時間探したとして、十本見つけられれば上出来ですかね」

「十本⁉」

つまり、時給換算で五百円ということになる。

労働基準法も真っ青だ。

なかなかの難易度に顔を引き攣らせつつも、悠真は生い茂る草花に視線を移す。

「よ、よしっ！　今から日が暮れるまでの二、三時間。目標は二十本にしよう！」

意を決した悠真は、それらしい草をめくっては確認し、めくっては確認しという捜索に取り掛かる。

その後ろ姿を、シャルナは微笑ましげに見つめていた。

† † †

「……腰が痛い。というか全身痛い」

およそ三時間後。

空がオレンジ色に染まる中、草原の土で服を汚し、腰をさする悠真の姿があった。

終始屈んでの作業――例えるなら、稲を植えるような体勢をずっと維持していたため腰を痛めてしまった。労働経験のない悠真にとってこれは相当きつかった。

「で、成果がたったの十五本かぁ」

地面に無造作に置かれている採取したばかりのネロチンソウを見て、悠真は肩を落とす。

十五本。つまりは七百五十マネ。

（時給二百五十円……ブラックにも程があるだろ）

時給換算した瞬間に、疲れがドッと押し寄せてくる。

そんな感じでしょぼくれる悠真を見て、シャルナが笑顔でまぁまぁと声を掛けた。

「初日で見慣れてないのにこれだけ採れるのは凄いですよ。大抵の方は十本採れるかどうかですので」

「そうなの？」

「はい」

気を遣ってくれたのだとしても、素直にそう思っておこう。

そろそろ日も暮れるので街に戻ろうとシャルナに声を掛けてから、悠真は地面に置いておいたネロチンソウを手に掴み、立ち上がった。

† † †

「ネロさん、達成報告をしたいんですが」

街に戻った悠真は、長い時間付きあってくれたシャルナに礼を言って先に別れ、単身ギルド会館を訪れていた。

受付で相変わらずの感じで冒険者を待っていたネロに、悠真は採れたて土まみれのネロチンソウと、昼過ぎに預かった依頼書を手渡す。

「お疲れさま、ユーマ・シノハラ。査定をしてくるから、少し待っていて」

手が汚れるのも気にすることなくネロはそれらを受け取ると、カウンターの奥へと入っていった。

(……何故フルネーム?)

そんな悠真の困惑をよそに、ネロは手の中に何か光るものを抱えて戻ってくる。

「すべてネロチンソウで間違いないわ。規定通り報酬として七百五十マネ。確認しなさい」

そう言って、ネロはカウンターの上に、銀貨七枚と銅貨五枚を並べる。

(銀貨一枚で百マネ、銅貨一枚で十マネってことか)

「確かに。ありがとうございます」

「報告ついでに何か次の依頼を受けておいたら?」

「あー、じゃあ同じ薬草採取の依頼を」

慣れるまではこの依頼だけでいこう。そう心に決め、悠真は明日のために再度依頼を受けることにした。

悠真の返答に、ネロは「わかったわ」と返しながら事務作業に取り掛かる。

その最中、一度チラリとだけ悠真を見たネロは、少し表情を険しくして問いかける。

「ねぇ、ユーマ・シノハラ。もしかして、だとは思うけど、武器を持たずに草原に向かったのかしら?」

心なしか冷たい声。その声色だけで、彼女がやや不機嫌らしいことがわかった。

武器。彼女が言っている武器とは恐らく、そのままの意味だろう。

もちろん、そんなものを悠真は持っていない。

「はい……」

正直にそう答えた瞬間、ネロは目を細める。

「バカなの？」

「え？」

「ユーマ・シノハラはバカなの？　と言っているのよ。魔物に襲われでもしたらどうしたつもり？」

ネロは声を荒らげたわけではない。だが、いつもより少し早口の鋭い口調は十分に叱責と呼べるものだった。

「いや、でも草原には魔物が出ないって」

「ごく稀に出てくることがあると言ったはず。その『ごく稀』がユーマがいる時だったらどうするつもりだったの？」

「──っ」

言われて確かにそうだと悠真は思った。

今朝方ネロの説明を聞いた時は、もしゴブリンと遭遇しても逃げればいいと思っていた。

だが、もし逃げられない状況になってしまったら？

命が大事だ、などと考えていたわりに、その「もし」にまで思いが至っていなかった。

思わず唇を噛む。

ましてや今日はシャルナも一緒にいた。下手をすれば彼女までも危険に晒《さら》していたかもしれない。

そう思うと、自分に対してどうしようもない怒りが湧いてきた。

言葉を失い自責の念に駆られている悠真を見て、ネロは小さくため息を吐いた。

そして先ほどよりも幾分か優しげな声音で話しかける。

「とにかく、武器を持ちなさい。持っていないのなら買いなさい。ユーマが武器を携帯するまで依頼を受けさせるわけにはいかないわ。冒険者の死の危険を少しでも減らすのがネロの仕事なのだから」

「……その、ありがとうございます」

命の危険が伴う冒険者としての甘さを指摘され、悠真は素直に感謝し、深々と頭を下げた。そして、帰路に就こうと背中を向けた刹那、ネロから声が掛かる。

「……そういえば言い忘れていたわね。初めての依頼達成、おめでとう。これからもギルドの一員として励むことを期待しているわ」

「――――」

その言葉に驚き振り返るが、ネロは紙の束に視線を向けたままちらりとも悠真の顔を見ようとはしなかった。

その態度に悠真は思わず苦笑する。

「こちらこそありがとうございました。またよろしくお願いします」

それだけ述べて、今度こそ踵を返した。

第三章　命の重み

「どうしたものか……」

教会に戻り、用意されていた夕食を食べ終えると、悠真は庭の芝生に寝転がり夜空を見ながら呟いた。

この世界の空は、地球にいた頃よりも近くにあるように感じられる。

空気が澄んでいるためか、星の数も段違いで、はっきりと光って見えた。

星々をボーッと見ているだけで気が緩み、自然と呟きが零れる。

「武器……さすがに木の棒じゃあネロさんも納得してくれないだろうし、自分でも納得できない。かといって買おうにも金がなぁ。どこの世界も世知辛い」

武器がどれぐらいするのかはわからないが、少なくとも数万マネはいくだろう。あるいは小さなナイフ程度であれば数千マネで買えるかもしれないが、今の悠真にはそれすらない。

何より、武器と呼ぶぐらいならばやはり竹刀程度の長さは欲しいものだ。

「はぁ……」

懐にしまってある銀貨と銅貨を弄《まさぐ》りながらため息を零す。

「ユーマさん。武器が入り用でしたら、教会に使っていないものがありますが、お使いになられますか？」

「うおっ!?　シャルナか、びっくりした」

突然優しい声が入り込んできて、悠真はビクッと身体を震わせながら上体を起こした。

「すみません、庭を見たらユーマさんの姿が見えたので……」

「いや、大丈夫。びっくりしただけだから。それで、使っていない武器があるって本当？」

今のシャルナの提案は悠真にとっては魅力的なものだ。

だが、教会と武器。この二つの印象がそぐわない。

たとえ使っていないとしても、人の命を刈るものが聖なる領域たる教会に在ること自体に違和感を抱いた。

首を傾げる悠真に対し、シャルナは少し悲しげに俯く。

「はい。もともとそれらは教会で命を落とされた方々のものです。……捨てるわけにもいかず、教会の倉庫にて保管しているのですが……もしまた使われるのならば、武器にとっても、亡くなった方たちにとっても本望でしょう」

「そ、そっか。……ごめん、嫌なことを思い出させちゃって」

悠真の謝罪に、シャルナは「いえ……」と首を振り、儚げな笑みを浮かべる。

「ユーマさんに合うものがあるかはわかりませんが、ひとまず見るだけでも」

そういって背を向けたシャルナは、悠真をどこかに連れて行こうとする。どう返せばいいものか躊躇っているうちにシャルナが歩き始めた。

「じゃあ、少しだけ……」

ならばと、悠真もシャルナに続いた。

庭を抜け、拝廊から中に入る。月の光が注ぐ教会の中は昼間とはまた違った神聖な印象を抱かせる。

宙を舞う僅かな埃の照り返しすら、どこか神々しく見えた。

シャルナは真っ直ぐ身廊《しんろう》を進み、礼拝堂に辿り着いたところで足を止める。

この世界の神――創造神を象《かたど》った像だろうか。その像にシャルナは手を合わせて跪《ひざまず》く。

思わず、悠真もシャルナに倣《なら》って同じように膝をついた。

何かを受け入れるように両手を広げる白亜の像は、女性の姿を模している。

体を覆うように彫られた服の合間から大胆に体躯を露出していた。所謂《いわゆる》男の情欲を刺激するような恰好ではあるものの、神聖さは損なわれていない。

像の瞳は真っ直ぐにその足下で跪く自分たちを見下ろしている。

まるで本当に見られているかのように錯覚し、悠真は慌てて像から視線を逸らした。

数秒祈りを捧げたのち、シャルナは立ち上がり、その像の裏側に回り込む。

そして――

「こちらです」

「こんなところに階段があったのか」

像の裏側に置かれてある教壇のようなものをずらすと、そこに地下へと続く階段が現れた。

薄暗い階段をシャルナの背を頼りに降りていくと、しばらくして淡い明かりが見えてくる。

やがて階段が終わった先に、木でできた扉があった。

それを躊躇《ちゅうちょ》なく開けたシャルナは、そのまま中へと入っていく。

「すげぇ……」

呟いてから、悠真は口を両手で押さえた。

今の発言が不謹慎なものだと思ったからだ。

「ここにあるものでしたら、どれを使ってもかまいません」

教会の地下室。思いのほか広いその空間には、所狭しとびっしり武器が並んでいた。

今まで刃物類といえば包丁ぐらいしか触れたことのない悠真は、その光景を見て思わず胸を高鳴らせた。

だが、少し冷静になってみた時、ここにある武器の数だけこの教会で命を落とした人がいるのだという事実に気付き、恐怖を感じる。

武器はどれも、意外なほど綺麗だった。血はついていないし、刃もきちんと研《と》がれているようだ。

証拠に、僅かに地下室に灯る光を刃が反射していた。

「亡くなられた方々のことを思うと、そのまま無造作に……というのはあまり気持ちのいいことではなかったので」

シャルナは悲しげな瞳で武器を見つめ、そう口にする。

それに耳を傾けながら、悠真は目の前にある剣に視線を向けた。

「……………」

無言で、それを掴み抜く。

刃渡り九十センチ以上の西洋刀剣――――ロングソード。

ずっしりと確かな重みが伝わってくる。

（これが、真剣の重み……）

剣道部所属とあって、竹刀は今までそれこそ数えきれないほど握ってきた。

剣道を始める前は軽そうだと思っていた竹刀も、実際持ってみたら予想に反してとてつもなく重たく感じたものだが、真剣は竹刀の重さを遥かに凌駕していた。

実際の重量もさることながら、これで命を奪えるという事実が更に重みを感じさせているような気がする。

「大体一キロ……いや、二キロぐらいか。竹刀の三倍ぐらいといったところかな」

「どうですか？」

「あー……形状は悪くないんだけど、もう少し薄めのやつがいいかな」

「薄めの？」

理解できないといった感じでシャルナは首を傾げる。

この世界において、武器は分厚い方がいいという認識なのかもしれない。

薄いものはすぐに折れるだけのなまくらだと。

「少し重たすぎて、振りにくいかなって。持ち運ぶだけでも体力が持っていかれそうだし」

「なるほど、そういうことでしたか」

ロングソードを元の場所に戻し、悠真は再び暗い地下室の中を探す。

シンプルなものから豪奢《ごうしゃ》な飾り、あるいは祭事用の実用性に乏しそうな剣まで。

ありとあらゆる武器があって、ある意味ここは武器庫のようだった。

「ん……？」

しばらく歩きながら探していた悠真の目が、ふと一つの武器を捉えた。

目を細めて一角を見つめる。

「これは……」

誘われるように、その武器を手に取る。

鍔《つば》があり、刀身は細身でどことなくレイピアに似ている。

刀身が反っていないことと両刃であることに目を瞑れば、その握り心地は悠真の理想――日本刀に近かった。そして何より軽い。

「シャルナ、これはなんだかしっくりくるよ」

「じゃあ、それを持って行ってください」

「……いや、ここまで来ておいて言うのもおかしいけど、本当にいいのか？」

「このままここで眠らせるのは宝の持ち腐れです。万物は使われるために存在する。それでユーマさんが身を守れるのならば、この武器の所有者も怒りはしないでしょう」

「……そっか」

悠真は手に握るロングソードの刀身を見る。

そこには自分の顔が反射していた。

「――――」

目を瞑り、黙祷《もくとう》する。今は亡きこの武器の所有者に感謝を述べた。

「……じゃあ、これにするよ」

鞘《さや》も取り出しながらシャルナに告げる。

鞘がない剣も多くあったが、幸いにもこのロングソードにはあった。

もっとも、柄《つか》や鍔と同様、鞘にも飾りっ気はなく、一見するとみすぼらしい。

だが、これでいい。これがいい。

悠真の言葉にシャルナは微笑みながら頷いた。

† † †

「さて……、課題だった武器は手に入れたけど、これを本当に俺が扱えるのか？」

シャルナに感謝を述べてから彼女と別れると、悠真は一旦部屋に戻り、剣を持って再び庭に繰り出した。

これでまた依頼を受けることができる。

この事実は大変喜ばしい。少なくとも八方ふさがりの状況からは逃れられた。

だが――使えなければ武器を持ったところで意味はない。

だから、背中に携えたロングソードをきちんと竹刀のように振れるのか、まずは確認すべきだった。

「ふぅ……」

大きく息を吐きながら、背中から伸びるロングソードの柄を握る。

本音を言えばやはり腰に差したかったが、刀身が反っていない以上抜きにくく接敵した際に隙が生じやすい。やむなく断念し、鞘は背中に括《くく》りつけた。

息を落ち着かせると同時に、柄を握る手に力を籠めて一気に鞘から引き抜く。

金属特有の光沢を放つ刀身。

そこに映る自分の顔を見て、悠真は苦笑する。

「強張《こわば》り過ぎだろ……」

自分のことながら呆れる。まさか、ロングソードを抜くだけでこうも緊張してしまうとは。

だが、それも仕方ない。今まで命を奪うための武器など持ったことがないのだ。

「とりあえず、考えてもしょうがない。何より、この世界で生きるために、できなくてはならないことなんだから……」

異世界に来た初日。

自分を襲ってきたゴブリンとの戦闘を思い返しながら悠真はロングソードを構える。

剣道の構え、ではない。

剣道の構えは足場の悪いところで戦うには向いていない。

そもそもこれは竹刀でも日本刀でもない。

相手となる敵だって型など介在しない変則的な攻撃をしてくるのだ。

そのことは、ゴブリンとの戦闘で既に理解していた。

だからこそ、悠真はなるべく自分に合った剣道以外の構えを模索する必要がある。

（まぁ、絶対に魔物とやり合うつもりはないけど……）

備えあれば憂いなし。ネロの叱責で学んだことだ。

その備えが、命に関わることならば尚のこと。

そう思いながら、悠真は手に握るロングソードを夜空の下で振り始めた。

† † †

少し離れた廊下から、シャルナはロングソードを必死に振るう悠真を見つめていた。

この一週間。悠真と少なからず接してきた。

森で倒れている彼を見つけてから今日に至るまで、短い間だがその人柄はよくわかった。

いい人。……そう、いい人なのだ。

血の臭いもしない、暴力的な雰囲気も纏わない、他人を疑いもしない。

それはあまりにも——特異な存在。

「——」

夜空を見上げる。

ロングソードを振る音と掛け声がシャルナの耳朶を打ち、彼の存在を伝えてくる。

憂いに満ちた瞳で星々を見つめながら、シャルナはそっと呟く。

「……主は、人に試練を与えられた。それは生きるための試練。命を奪い合う試練。それ故に人はついに知ったのだ。生きるためには、自身の前に立ちはだかる他の命を奪うしかないことを」

彼女の呟きは夜風にさらわれる。

シャルナの瞳には、死に物狂いでロングソードを振るう悠真の姿だけが映っていた。

† † †

武器を手に入れてから一週間が経った。

きちんと自衛の手段を手に入れた悠真に対し、ネロは依頼の受注を認めてくれた。

以来悠真は、ひたすら薬草採取の依頼を受け続けた。

幸い今のところ武器を振るう機会は訪れていない。

更に二、三日前、ある程度慣れてきた頃合いから、薬草採取以外の依頼も受け始めた。

それが……

「ありがとうねぇ、ほんとう、旦那が亡くなってからは男手が足りてなくてねぇ……助かるよぅ」

——所謂《いわゆる》、雑用。

例えば庭の草むしりや、部屋の掃除。その種類は多岐にわたるが、共通するのは冒険者がわざわざするようなことではないということだ。

だが、そういった雑用やお手伝いの依頼も実際に存在し、ギルドもまたそれを冒険者に斡旋している。

依頼主は大抵お年を召《め》した方だ。

依頼を達成し、依頼主からお礼を言われる。

そこに命の危険は一切ない。稼ぎこそ少ないが、悠真にとっては働きがいのある充実した仕事だった。

そんなこんなで、悠真の異世界での生活はひとまず順調に――進むはずがなかった。

† † †

「おいおい、また薬草採取かよ。この間は老人の世話なんかしてやがったしよぉ！」

悠真がいつも通りネロのところに薬草採取の依頼を受けに行くと、その背中に向けて冷ややかな声が投げられた。

その声とは言わずもがなギルド会館に屯《たむろ》する他の冒険者だ。

冒険者の大半は己《おの》が武勇を知らしめんと、あるいは名声を得んとする者ばかりで、だからこそ冒険者にしかこなせない命を賭《と》した任務に一定の誇りを持っていた。

それ故、危険を伴わない安全な依頼や雑用ばかりをこなす悠真という存在に良い感情は抱いていない。

「おいおい、野次《ヤジ》はよせよ。お子ちゃまには雑用がお似合いなんだからよう？」

「ちげえねぇ」

がはははは……と、悠真を皮肉る言葉が飛び交い、周囲の冒険者が嘲笑する。

「――っ」

悠真はしかし、それを無視してギルド会館を去ろうとする。

いくら挑発されようとも、どんなことを言われようとも、自分はもう命のやり取りはしないと決めたのだ。

幸いにもこの数日で、薬草の採取依頼や雑用依頼だけでも一日フルに働けば最低限の暮らしをするだけの金を稼げることがわかった。

もちろん日によって収入にもむらがあるが、この世界での暮らしは別に貧しくてもかまわない。

贅沢を言わない代わりに、日本にいた頃のように命の危険の少ない暮らしをしたいのだ。

罵声を無視してギルド会館の扉に手をかけたところで、そんな悠真の腕を近くの冒険者がガシッと掴んだ。

「おい、待てよ」

「――っ、何ですか？」

悠真は表情を強張らせながら、嗜虐的な笑みを浮かべる冒険者をおずおずと見る。

「お前、何か討伐依頼を受けろよ」

「え……？」

「お前みたいな臆病者が冒険者だとよ、同業者の俺たちまで臆病者扱いされかねねぇ。ギルドに入ったからには、冒険者になったからには命の一つや二つ懸ける覚悟ぐらいあるんだろ？　その背中にあるものはただの飾りか？　あぁ？」

挑発的な笑みを浮かべ、男は悠真が背負っているロングソードを顎で指した。

二人の諍《いさか》いを見て、周りの冒険者からは「やっちまえ！」という空気が漂い、ギルド職員の間には緊張が走る。

ネロに至っては、珍しくイスから腰を浮かして悠真を心配そうに見つめていた。

悠真は――冒険者の言っていることが理解できなかった。

命の一つや二つ懸ける覚悟。

……一体目の前の男は何を言っているのだろう。命は一つしかないというのに。

言葉は、思ったよりもすらりと口から零れ落ちた。

「命を懸ける覚悟なんて、ありませんよ」

「あぁ!?」

ぽつりと、しかしはっきりと呟かれた悠真の言葉に、男はこめかみをひくつかせる。

そんな彼に対し、今度は大きな声でその目を睨み返しながら悠真は毅然《きぜん》として言い放った。

「命を懸ける覚悟なんてない。実際、命を懸ける必要のない依頼だってあるんだ。冒険者になったからといって、どうしてわざわざ死ぬかもしれない討伐依頼を受ける必要がある？　俺は自分の身の丈にあった依頼をこなすだけ。あんたたちが討伐依頼を受けるのはかまわない。けど、俺のやり方にまで口を出さないでほしい」

「なんだと、てめぇっ‼」

自尊心が傷つけられたのか、男は怒鳴りながら手を振り上げた。

「冒険者同士の喧嘩は、懲罰の対象よ！」

悠真が殴りつけられる直前、静観していたネロが鋭い声を張り上げる。

それを聞いて、男は振り上げた拳を止めた。

「ネロ……！　ちっ……」

荒くれ者の冒険者もギルドの職員には敵わないのか、あるいはネロに叱責されたからか。すぐさま拳を降ろし、それから悠真を睨みつけて憎々《にくにく》しげに舌打ちをしながら他の冒険者の元へ戻っていった。

それを一瞥して、悠真は今度こそギルド会館を後にした。

† † †

「あれ？　ユーマさん、依頼はどうされましたか？」

依頼を受けに行ったはずの悠真が教会に戻ってきたのを見て、シャルナが目を丸くして訊ねる。

その問いに悠真はバツが悪そうに目を逸らした。

「あぁ、いや。……受領はしてきたんだけど、どうにも採取に行く気が起きなくて」

「もしかして、ギルドで何かありましたか？」

「……っ、いや、まあ……なんでもないよ。そうだ、何か手伝えることはある？」

「――、そ、そう、ですね。では、掃除をお願いします」

「あぁ、わかった」

シャルナに掃除場所を指示された悠真は、用具を持って足早に彼女のもとを去る。

庭に立つシャルナは悠真の背中が消えてから、青空を見上げた。

「ユーマさん、あの様子だと……」

吐息交じりの声を漏らすシャルナは、悠真の身に起こったことを何となく察していた。実は遅かれ早かれ、こうなるのではないかと薄々思っていたのだ。

冒険者になった者は、その誰もが大抵討伐依頼をしたがるものだ。にもかかわらず、悠真は一向に薬草採取や雑用以外の依頼を受けようとしない。

悠真は、彼女が今まで出会ってきたどの人間よりも、遥かに、異質なまでに命への執着が強いのだ。それはきっと、周囲には奇異《きい》な存在に映るに違いなかった。

「……命を大切に思うことは正しいことですが、周りが必ずしもそれを正しいと思うとは限らない。

だからこそ、正しいことをしていても、周りからは間違っていると思われ、歪な存在であると忌避《きひ》される……」

悠真の行く末を案じながら、シャルナは彼の後を追うべく教会の中へと入っていった。

第四章　二度目の遭遇

「〜〜〜っ」

鼻歌を歌いながら、悠真は今日も今日とて街近くの草原で薬草採取に勤しんでいた。

この世界に来てからちょうど一ヶ月。地道な活動の甲斐あって、蓄えも二万マネほどまで溜まっていた。

とはいえこんなのは四日も宿に泊まれば消えてしまうので、まだまだ独り立ちからは遠かった。

早く教会から自立できるようにならなければと焦りながらも、悠真は一向に討伐依頼には手を出さない。

それだけ採取をしていればいやでも慣れるもので、最近は薬草採取依頼だけで一日千マネは平均して稼げるようになっていた。

正直千マネなんてのは二食分の食費で軽く消えてしまうが、それでも自分の手で稼いだ金というのは嬉しいものだった。

それにしても、と。

悠真は薬草を採取する手を止めて空を見上げてため息を吐く。

ギルドでのあの一件以来、他の冒険者からの視線が日に日に鋭く、冷たいものになっていった。

魔物を討伐しない、命のやり取りを行わない臆病者。

それが、他の冒険者からの悠真に対する共通の認識であった。

(別に、臆病者なのは事実だけどさ……)

命のことにぐらい、臆病になって然るべきではないか。

武勇を求め、勇猛果敢《ゆうもうかかん》に戦うのは英雄の役割であり、自分がこなす必要はない。

ただ元の世界に帰るために、日々を生き抜くことだけが自分に課せられた使命なのだと、悠真はそう信じている。

そんなことを考えつつ、悠真は今朝の出来事を振り返る。

いつものように採取依頼を受けに行くと、ちょうどネロの横の受付嬢のもとで、他の冒険者が討伐達成を報告していた。

カウンターの上に置かれたのは、討伐証明となる魔物の心臓。

心臓、といっても生々しくてグロテスクなものではなく、宝石のような形状をした魔石と呼ばれるものだ。

魔物はゴブリンだった。

悠真がこの世界に来ていきなり遭遇した魔物だ。

そのゴブリンの魔石を三つ提出した彼に支払われた報酬が、白金貨三枚。つまり、三万マネだった。

――少ない。

悠真がその報酬額を見て抱いたのは、そんな感想だった。

命懸けで魔物を倒して、それで手に入れられるのが一体につき宿代二日分程度。

だが一方で、こうも思った。

悠真が半月以上かけて稼いだのが二万マネ。魔物を一体倒すだけで、この半月以上をかけて悠真が稼いだ額の半分にもなるのだ。

一日の宿代と食費を、一日で稼ぐことができる。

もし悠真が魔物を倒せるなら、あるいは倒そうと思うのなら、すぐにでも教会から自立できるだろう。

と、そこまで考えて、悠真は首を激しく振る。

(何バカなことを考えてるんだ。くそっ!)

命を張ってお金を稼ぐのが珍しくないこの世界にあって、自分は知らずその在り方に順応しつつあるのかもしれない。

魔物討伐を否定し続ける悠真だが、そうはいってもこのまま教会のお世話になるわけにはいかない。

早々に安定した稼ぎ方を見出さないと、シャルナたちに迷惑をかけ続けることになる。

そのことに焦りを覚えながら、疲れたように深いため息を吐き、悠真は薬草採取を再開するのだった。

† † †

「ふぅ……」

額の汗を拭う。

既に採取した薬草の数は二十本に達していた。

いつもであればこれぐらいで引き上げるのだが、今日は焦っていたのか、つい欲が出た。もう少し採取できるのではないかと。

立ち上がり辺りを見ると、少し離れているところに目当ての薬草、ネロチンソウが群生しているのが目に入った。

見えるだけでも五本。今日の収穫の四分の一を占める。

採りに行きたい。が、既に陽も沈みかけていた。

何より、ネロチンソウが群生しているところは森のすぐそばだ。

森を睨みながら考える。

「す、少しだけならいけるか……パパッと行って、パパッと採るだけでいい。たぶん、大丈夫……」

恐る恐る、無意識の内に身を屈めて、悠真は群生地帯に近付く。

そして到達すると同時に、今まで鍛えた薬草採取の腕を活かして採ってはしまい、採ってはしまいを繰り返し、採取を続ける。

最終的に採取できたネロチンソウの数は全部で七本。十分すぎる収穫だ。

都合二十七本のネロチンソウを手に取り、ほくほく顔で立ち上がったその時——

獣のような声が悠真の耳朶を打った。

「ギャァアァァアァッ‼」

「——っ！」

反射的にその場から跳びはね、声の聞こえてきた方——森の茂みから距離をとる。

「ッ、嘘だろ、おい……」

濃い緑色の肌に、髪の生えていない頭部。そしてこの叫び声。

忘れるわけがない。

「ゴブリン……」

赤黒い刃物を持った小柄な刺客が一体、悠真の目の前に姿を現した。

「くそっ！」

跳びかかって来たゴブリンの刺突《しとつ》を地面に転がるようにして避けながら、その反動を利用して立ち上がる。と同時に、背中に背負うロングソードの柄に手をかけ、迷うことなく――引き抜いた。

「せやぁぁああ！」

剣道で習ったことを全く活かせていない力任せの剣戟《けんげき》。

右手でロングソードを握り相手を威嚇しながら、左手に持つネロチンソウをポケットにしまう。

すぐさま上体を低くし、ロングソードを持つ右手を前に、何も持たない左手を後ろに引き、重心を前にかけて対敵する。

たらりと、額を伝って汗が滴《したた》り落ちた。

だが、それを拭う余裕はない。

相手の一挙手一投足を見逃すわけにはいかなかった。

不思議と、頭は冴えている。何故か冷静だ。

自分が次に何をするべきか、それが手に取るようにわかる。

ロングソードも手に馴染んでいる。

大丈夫、大丈夫、大丈夫――

この世界に来た時のあのゴブリンと同じように倒せばいい。

相手は変わらず、一体。そして自分は今、あの時とは異なり武器を持っている。

言い聞かせるように悠真は心の中でそう念じた。

「ふ――っ！」

右足に力を入れて、ゴブリンに向かい、ロングソードを持つ右手を一度後方に引き、そして思い切り突き出す。

しかしゴブリンは自身が持つ刃に滑らせるようにそれをいなし、悠真の後ろに回り込んだ。

「チッ……！」

舌打ちをしながら悠真はすぐさま体を捻《ひね》り、背後から繰り出された凶刃を剣で受ける。

一連の応酬で、悠真とゴブリンの位置関係が真逆になった。

最初は草原を背にしていた悠真だが、今は森を背にしている。

そしてそれが作戦だと言わんばかりに、ゴブリンは一気に押し込んでくる。

右上、左上、腹部、頭部、脚部。

ありとあらゆる場所に向けて放たれた刺突。

剣で受けるだけで精一杯だった。結果、悠真は攻撃を受けるたびに一歩、また一歩と後ずさる。

気付いた時には草原を離れ、森の中へと追い込まれていた。

「にゃろぉ……そのつもりか」

悠真が憎々しげに呟くと、ゴブリンはニタニタと嗤《わら》った。

（暗くなってきて視界も悪いが、一体だけなら勝てなくもない。奴の攻撃は見えている。なら、一気に片を付ける……！）

そう決めた瞬間、ガサガサと周囲の草木が動いた。

ビクッ！　と肩を震わせる悠真。

その背後、草木をかき分けて現れたのは、更に三体のゴブリンだった。

「ははっ、マジかよ……」

その光景を見た瞬間、悠真の口から枯れた笑いが零れた。

これが夢ならばと、そう思ってしまう。そう願ってしまう。

だがこれは夢ではない。一体で辛うじて倒せるゴブリンが、一気に四体。粉《まご》うことなき現実として目の前にいる。

「ギャギャッ、ギャァッ！」

「ギャギャギャッ、ギャ、ギャギャギャァッッ！」

同胞を見て何やら喜色《きしょく》を含んだ声を上げるゴブリンたち。

それを悠真は憎々しく思いながら、必死に打開策を考える。

（草原の方にいるゴブリンは一体。あとは森の奥から来たのが三体、か。どう考えても勝てる見込みはない。なら、逃げるしかねぇよな！）

「――っ」

歯を食いしばり、全身に力を籠める。

目指すは一点突破。草原側に立つゴブリン一体を速攻で倒し、そのまま逃げる。

ゴブリンは常に少数でいるところを狙うと聞く。

ならば、街まで追ってくることはないだろう。

そう決断し、即座に行動に移す。

「し——っ！」

地を蹴る。

初速を活かした突き。

だが、突き出されたロングソードをゴブリンは刃で受け流す。

その瞬間に、悠真は体を思いっきり捻り、その反動をくわえた回し蹴りをゴブリンの頭部に入れる——

「グギャァッ！」

悲鳴のような叫び声を上げて、ゴブリンは少し宙を浮いて地面に倒れ落ちる。

その瞬間を逃さず、すぐさま倒れたゴブリンに向けてロングソードを振り下ろした。

「ギャッ、ギャァ……」

ぐりぐりと、差し込んだまま刀身を回す。

悠真の耳に、肉の抉れる音が不快に響く。

その音に思わず顔を顰めながら、しかし後ろに敵がいることを忘れない。

一体目のゴブリンが絶命した瞬間、すぐさまバックステップで距離を取った。

瞬間、悠真のいた場所にもう一体のゴブリンが刃物を突き出していた。

「――ぶねっ！」

振り返りざまにそれを確認した悠真は冷や汗をかきながら、更に距離を取った。

ゴブリンの返り血で、悠真の服が真っ赤に染まっていた。だが、それを気持ち悪いと思う余裕などない。

顔にかかった血を左腕で拭いながら、右手でロングソードを突き出し、残る三体のゴブリンを牽《けん》制《せい》する。

「ぁ、はぁ、……っ、はぁっ」

肩を上下させながら、対峙する三体のゴブリンを警戒しつつ背後をちらりと窺う。

草原。あそこまで逃げることができたなら。

「ふぅー」

息を大きく吐き出す。

そして、次の瞬間――

――三体のゴブリンとは反対方向、草原の方へと駆け出した。

「はっ、はっ、はっ……」

走る。一心不乱に。

この世界に来たばかりのあの時のように。
背中にあるロングソードの鞘、そして右手に握るロングソードが邪魔だった。
だが、これを手放すわけにはいかない。
振り返ることなく走り続ける。
追走してくるゴブリンたちの足音が聞こえる。
二十秒ほど走ったところで、ようやく森を抜けた。
僅かに小高くなった場所から草原へと飛び降りる。
「――っぅ」
着地の衝撃が両足に伝わるが、顔を顰めながら再び力を籠めて走り出す。
――無様《ぶざま》だ、と。
悠真は草原に着いたところで、そう思った。
他の冒険者からすればゴブリンの三体や四体、多少手こずろうとも倒しきるだろう。
にもかかわらず自分は……
だが、悠真はふっと笑みを浮かべる。
(俺とこの世界に住む人たちは根本的に違うんだ。比べる必要なんてない)
そんな風に自嘲できるほど、悠真はこの時油断していた。
逃げおおせたと思い込んでいたのだ。

だが、次の瞬間——右太ももに鈍い痛みが走った。

「ぐぁぁあぁっ！　っぅ……！」

叫び声を上げながら、悠真は走っていた勢いそのままに地面を転がる。

地に蹲《うずくま》ったまま痛みを感じた箇所を見ると、そこにはゴブリンが持っていた刃物が突き刺さっていた。

「ギャァッ！」

顔を上げて後方を見ると、そこには投擲《とうてき》後の体勢を取るゴブリンが一体と、刃物を持っているゴブリンが二体。

足では追い付けないと判断したのか、一体のゴブリンが悠真めがけて刃物を投げつけたのだ。

全力で走っていた反動で、地面を派手に転がった悠真。

全身に刻まれた擦り傷。起き上がろうとするも、刃物が刺さった右足の激痛によりうまく力が入らない。

「……っ！」

何とか腕と左足に力を籠めて立つと、片足立ちの状態で向き直りゴブリンたちを威嚇する。

鈍い痛みと共に、右太ももが熱を帯びていく。

この感覚は既に知っている。平和な日本ではまず味わうことのない感覚。

——命が失われていく感覚。

もう逃げようとは思わなかった。

幸いにも右太ももで済んだが、もしかしたら心臓を貫いていたかもしれない。

足の感覚がなくなってきている。恐らく先ほどと同じようには走れないだろう。

「くそっ、やるしかないのか……」

激痛に苦悶の表情を浮かべつつ、悠真は三体のゴブリンと改めて対峙する。

震える全身を押し留め、死への恐怖を振り払いながら。

陽は、ちょうど沈んだところだった。

† † †

「あら、もうこんな時間……ネロ？　今日はどっちが先に仮眠にする？」

流れるような水色の長髪が特徴的なネロの同僚セリアは、壁に備え付けられた時計を見て横で控えるネロに聞いた。

「……？　ネロ？」

が、返事がない。セリアは小首を傾げながら青い瞳でネロを見つめた。

「……え、あ、何か言った？」

ようやく気付いたネロは、すぐさまセリアに声を返す。

まったく聞いていなかったらしいネロに、セリアは額に手を当てながらため息を吐いた。

「だから、先にどっちが仮眠するかって話」

「あぁ……もうそんな時間。セリアが先に寝てくれてかまわないわ」

「そう……？」

心ここにあらずのネロは、一瞬だけセリアに向けた視線を、すぐにギルドの扉へと移した。まるで何かが来るのを待っているかのように。

そこでようやくセリアは、ああ、と頷いた。

「あの新人冒険者君、今日はまだ帰ってきていないのね？」

「……ええ、いつもなら陽が沈む前に報告に来るはずなのに」

悠真が受けた採取の依頼は達成したからといって毎日報告する義務はない。だが、いつも必ず報告に来る悠真が来ないことに、ネロはどことなく嫌な予感を抱いていた。

ネロやセリアのみならず、他の受付嬢、ギルド職員の間でも悠真は有名だ。

それは単純に彼の在り方が珍しいからだった。

討伐依頼を受けない冒険者。ギルドではあまりにも異色な存在。そしてそれ以外にも忌々しく見られる原因はあった。

「あの子、他の冒険者からは不評だけど、私たちからしたら本当に助かっているのにね」

セリアの言葉に、ネロは黙って頷く。

薬草採取の依頼を継続的に受ける人がいないため、治癒薬の在庫はいつも品薄だった。冒険者からすれば、採取の依頼はまったく稼ぎにならないからだ。仮に報酬を上げたとしても、地味でなんの名誉にもならない依頼を進んで受ける者は現れないだろう。

「あの子が採取依頼を受けてくれるおかげで、教会も少しは治癒薬を作る量が増えた。結果として、他の冒険者たちも彼に助けられているのにね?」

セリアは少し悠真を憐《あわ》れむような複雑な笑みを浮かべる。

だがネロは、「仕方ないわ」と諦めたようにため息を吐いた。

「実際、ユーマは臆病だもの。他の人が嫌悪するのも無理はないわ」

そう呟き、ネロはまた心配そうな眼差しを扉に向けた。

「……あの子が敵視されているのはそれだけじゃないと思うけど」

「……?」

セリアの言葉を聞いたネロが首を傾げるが、セリアは曖昧な笑みで応じる。

ネロ以外のギルド職員の間では有名な話だ。ネロは冒険者に人気があり、彼らはネロを巡って互いに牽制《けんせい》しあっている。

だからこそ、ネロの列は他の受付嬢と比べて並ぶ者が少なかった。ネロのところに来る冒険者は総じて他の冒険者の視線などものともしない強者ばかりだ。

そんな中で、昨日今日冒険者になった新人が初日以降ずっとネロのところで依頼を受けているのである。

可哀想にとセリアは心の中で新人冒険者の境遇を憐れむ。何よりネロ本人がそういった事情に無関心かつ鈍感で、悪意なく悠真に対応するため、ある意味で悠真の立場をより追い込んでいた。

セリアは呆れ気味に一つため息を吐くと、そんなネロの気を紛らわそうとニヤッと笑みを浮かべた。

「それにしても、ネロは随分とあの子のことを気にかけているのね？」

「どういう意味」

「なーんにも。ただ、ギルド職員と冒険者との恋愛は許されているけど、公衆の面前では控えて――」

「そんなんじゃないわ。……ただ、なんとなく放っておけないだけよ」

セリアとしては冗談交じりだったのだが、ネロはそんなセリアの言葉を遮り、悲しみを含んだ小さな声で呟いた。

「……弟さんと、重ねているのね」

「――――。なるほどね、言われて気付いたわ。確かにネロは、ユーマを弟と重ねて見ていたのかもしれない。そう、だから放っておけないの……」

「何度も言っているかもしれないけど、弟さんのこと、ネロは悪くないわ」

「――――」

セリアはそう優しく言い聞かせる。だがネロは悲しげな笑みを見せるだけだった。

意図せず重苦しくなってしまった雰囲気を打開すべく、セリアは一向に休む気のなさそうなネロを見て、彼女の肩に手を置いた。

「仕方ないわね、私も起きておくとするわ。不安そうなネロを置いて寝るわけにもいかないし、何より寝られないわ。大丈夫よ。きっとすぐに報告に来るって！」

「セリア……ええ、そうね。だってユーマは……」

この受付で初めて悠真を視た時のことを思い出しながら、ネロは自分に言い聞かせるように、きっと大丈夫、と呟いた。

† † †

「ア、ツア……！　ハア、ツッツ!!」

腕の感覚はとうになくなっている。

服は裂け、体の至るところに切り傷が刻まれていた。

軽いものもあれば、深いものもある。

悠真の服を彩る鮮血はもはや誰のものかわからなかった。

草原にてゴブリンと対峙してから数分が経過した。

三体を相手にし、まだ一体も倒せていない。一体にとどめを刺そうと思ったら、他のゴブリンがそれを阻止してくる。そしてカウンターを決められかけ、悠真はそれを辛うじて躱す。

終わりの見えない戦い。

……いや、悠真の死という終わりは、刻一刻と迫りつつあった。

「クソッ！」

正直なところ、もう体力の限界がきていた。悪態を吐くのすら辛い。

幾度もロングソードを振るった両手はもはやろくに力も入らず、酷使した両足も同様に感覚がない。

陽はとうに落ちている。空の月明かりと、遠く街からこぼれる僅かな光だけが頼りだった。

彼がいまだに生きていられるのは、ゴブリンもまた同様に疲弊しているからだ。

「へっ、お前らも疲れているなら、このあたりで痛み分けにするっていう選択肢もあると思うぜ」

荒い息を整えながら互いに距離を取って睨み合う中、悠真はおどけた調子で言った。空元気というやつだ。

だがゴブリンたちが退く意思を見せることはない。

数的優位にある以上、長期戦になっても勝てると踏んでいるのか。

どうあれ、悠真が生き延びるにはやはりゴブリンたちを倒す以外に選択肢はなかった。

「わかってはいるけど、それができるかっていうと、やっぱりきついな……」

一体は初撃で悠真に向けて武器を投擲したため何も持っていないのだが、だからといって無害という訳ではない。

何かしら邪魔をしてきたり、動きを封じようと画策してくる。

そして隙を見て、残る二体のゴブリンがとどめを刺さんと襲い掛かってくるのだ。

（やるしか、ないよな……）

悠真は少し悩んでから、一つの戦法に辿り着いた。すなわち、肉を斬らせて骨を断つ。文字通り、ダメージを犠牲に相手を仕留めるということだ。思えば、初めてゴブリンを倒した時もそんな戦い方だった。

今回、すぐにそうしようとしなかったのには理由があった。

一つが、せっかくシャルナに治してもらったのに、また傷を負うことが躊躇《ためら》われたから。そしてもう一つ、三体のゴブリンの攻撃をうまく急所を外して受けられるか自信がなかったからだ。

脳内でそんなことを考えながら、悠真は口角を上げた。

この戦法を躊躇った理由に、痛いからとか怖いからとか、そういった理由が含まれていなかったことがひどく可笑しかったのだ。

いずれにせよ、今の悠真ではもうそれしか勝機はないだろう。

「くっ……」

囮《おとり》とする場所を、ゴブリンたちを牽制しながら考える。

まず、足はダメだ。

ただでさえ片足が深手を負っている。両足とも動かなくなってしまえば、たとえゴブリンたちを倒せたとしても街まで戻れないだろう。

右手もダメだ。

ロングソードを握れなくなってしまっては元も子もない。

となるとやはり左手、あるいは臓器の集中していない腹部を犠牲にするしかない。

「――ッ」

ぶらりと、悠真は両腕から力を抜いた。

緊張で強張っていた全身が脱力する。

そのまま自然体で、ゆっくりとゴブリンに歩み寄る。

悠真のその姿に、ゴブリンたちは虚を衝《つ》かれたような仕草を見せた。

その様子を見ながら、悠真はゴブリンたちに悟られないようそっと左手を後ろに回し、腰につけている採取用の小さいスコップを掴む。

そしてゴブリンを睨み、射程内に入ったところで――スコップを投げつけた。

「ギャギャァッ!?」

残念ながらスコップはゴブリンに当たることはなかったが、それが目的ではない。

悠真の思惑通り、ゴブリンたちの意識は一瞬スコップに向けられる。

その一瞬の間に、悠真は残る力のすべてを全身に籠め——一気に距離を詰めた。

「おらぁ!!」

バットを振り回す不良のように叫びながら、悠真は武器を持つゴブリンの片方にロングソードを突き出した。

が、ゴブリンはそれをかろうじて躱す。

「——ちっ、……っ、逃がすかよっ!!」

すぐさま悠真は近くに突き刺さっていたスコップを左手で拾い、回避によって体勢を崩したゴブリンの脳天めがけて振り下ろした。

グチャリと、肉の潰れる音を立てながらゴブリンが地に崩れ、ヒクヒクと痙攣したのちに絶命する。

「くぅ……!」

だが、悠真はそれを見届ける間もなく、背後から襲い来る何かを察し、反射的に地面に転がって避けた。

そして予想通り、もう一体のゴブリンが刃物を突き出していた。

「——ッ!」

間一髪の回避。だが悠真が立ち上がるその隙をつき、無手だったゴブリンが死んだ仲間の刃物を奪い取った。

至極当然の判断だが、悠真にとっては本当に煩《わずら》わしかった。

しかし、今の攻勢で一体のゴブリンを仕留めた。

本来であれば体のどこかしらを犠牲にする予定だったが、結果として無傷で切り抜けることができた。

（これは、このまま無傷で勝てるか……？）

左手に握るスコップを見ると、そこにはゴブリンの血が生々しく付着していた。

もう一度この手が通じるだろうか。そんなことを考えたが、すぐさま頭を振る。

さすがに一度見せたやり方は通用しないと思っておいたほうがいい。

考えろ、考えろ、考えろ――

だが、ゴブリンたちはその時間を与えてくれない。

「ギャギャァッッ！」

叫び声を上げながら跳躍する一体。そしてもう片方は体勢を低くして地面を這うように飛び込んでくる。上と下、連携して悠真を崩そうという腹積もりらしい。

上のゴブリンをロングソードで受け止め、下から迫るゴブリンを右足で蹴り飛ばそうと瞬時に判断した悠真は、しかし――

「――ッッ！」

振り上げた右足、投擲を受けた傷に激痛が走ったのだ。

その痛みで動きが鈍り、その一瞬が致命的なものとなる。

「ぐあああぁぁっっ!!」

上から来たゴブリンが、ロングソードを躱して悠真の右腕に刃物を突き立てる。と同時に、下から迫っていたゴブリンもまた左太ももに刃を通した。

猛烈な激痛。あまりの痛みに目を閉じかけたが、すんでのところで堪え、左手のスコップを足元のゴブリンに向けて叩きつける。

「グピャッ!」

拍子抜けした声を上げながらゴブリンは吹き飛ぶ。

同時に左太もものナイフが抉れるように抜け、傷口が開き更なる痛みが襲い来る。

右腕を刺したゴブリンは、飛ばされたゴブリンを見て、すぐさま悠真から距離を取った。

「ぐ……っ」

がくりと、地面に膝をつく。

ぼやける視界の中、辛うじて叩き飛ばしたゴブリンが瀕死の状態にあるのを確認する。

——これで残るは一体。

だが、その一体が悠真にとっては高い壁だった。

両足からはとめどなく血が溢れ、利き腕の右腕も感覚が麻痺している。

どれだけ血が流れてしまったのだろうか。

悠真は辺り一面に広がる血を見て、朦朧《もうろう》とそんなことを考えていた。

「っぅ……」

膝がガクガクと震えその場に崩れ落ちるが、左腕を地につけ何とか体を支えた。

ゴブリンは仲間の死骸を見つめてから武器を握り直し、悠真を睨み返す。

どうやら退く気はないらしい。……いや、退けないというのが正しいか。

とどめを刺そうとにじり寄るゴブリンを視界に収めながら、悠真は自問する。

ここで、死ぬのか……

こんなところで意味もなく、誰にも知られず、自分がどうしてこんな世界に放り出され、そしてどうしてこんな事態に陥ったのか、その原因も知らないままに。

「──ッ」

唇を噛みながら、拳を握る。

──それは嫌だ。死にたくない、死にたくない、死にたくない！

生への欲求が、死に近づけば近づくほどに増していく。

「うぉぉおおおおっ！！」

歯を食いしばり、獣のような雄叫びを上げて悠真はもう一度立ち上がった。

その光景にゴブリンは一瞬怯んだ様子を見せるも、しかし負けじと凶刃を繰り出してくる。

立ち上がるのが精いっぱい。もう動けない。

悠真が最も受け入れたくない結末が迫りくる。
(――ここまで、か)
いつの間にか手からロングソードは零れ落ちていた。
武器を持たない悠真に迫る、ほぼ無傷のゴブリン。
目の前の光景がスローモーションで展開する。
そのまま悠真は地面に崩れ去り、意識を闇へと手放し――

† † †

「――――ッ!!」
目覚めると、悠真は誰もいない闇夜の草原に一人、立ち尽くしていた。
(……死んで、ない……?)
確かにさっき、地面に倒れ伏したはずだ。だが何故か、立っている。
そして足元には、自分の命を奪わんとしていたゴブリンの死骸があった。
一体、何が……
疑問を抱くと同時に、悠真はまたしても力なくその場に崩れ落ちた。
全身の力が抜ける。

動けない。動かない。

「……ぁ、っぅ……」

僅かに零れる苦悶の声は草原を吹き抜ける風にさらわれる。

もはや目を開けることすら煩わしく、悠真はすべてを受け入れるようにそっと瞼を閉じた。

「――ッ！」

だが直後、目を見開く。

瞼のその裏に、一人の少女の姿を見たのだ。

「く……っそ……！　まだ、だ……！」

近くに落ちているロングソードを掴み、それを杖代わりにして立ち上がる。

「…………ないと」

ゆっくりと、今にも倒れてしまいそうな状態で悠真は一歩を踏み出す。

「……らないと」

死を受け入れかけた悠真を、生へと突き動かすもの。

「帰らないと、シャルナのところに……！」

脳裏に、自分の命を救ってくれた心優しきシスターを思い浮かべ、彼女がいるはずの街へ、帰るべき場所へ、悠真は一歩、また一歩と進み始めた。

第五章　聖女の苦悩

ガタガタと荒々しく、教会の扉が唐突に叩かれた。

時刻は真夜中。教会のシスターたちも一部を除いてほとんどが寝静まっていた。

その中で、礼拝堂に置かれた木の椅子に腰掛け、祈るようにしながら起きていたシャルナが急いで扉に向かった。

「はい……？」

扉の向こうの見えない相手に用件を問うと、すぐに答えが返ってくる。

「あ、あの！　ギルドの者です！　怪我人が……！」

「――！　すぐに開けます！」

あからさまに焦燥した様子の声に、シャルナにも緊張が走る。

彼女の脳裏には、一人の少年の姿が思い浮かんでいた。

シャルナと同じく起きていたもう一人のシスターを見やり、手の空いているシスターを呼びに行くよう告げてからシャルナは扉を開けた。

「……っ！」

目を見開く。

怪我人を背負う男性のギルド職員。そしてその横には受付嬢であるネロがいる。

「早く……！」

ネロの服には大量の血。それを気にもせず、ネロは危機迫る表情でシャルナを急かす。

怪我人──悠真の姿は酷い有り様だった。

「す、すぐ中に！」

動揺のあまり硬直し、しかしすぐさまそれを呑み込んでシャルナは行動を起こす。

一ヶ月前に森で見つけた時とは比べようもない。

右腕、両太ももの深い傷を始め、体の至るところに擦過傷を負っている。

そしてそこからは血がとめどなく溢れ出ていて、意識もない。

「──ッ」

唇を噛み、シャルナはすぐに治療の準備を始める。

激しく動揺する精神を落ち着かせ、自らの加護《奇跡《ミラス》》の発動にかかる。

ぎゅっと、シャルナは右手を胸に抱き寄せ、力を籠めて握り込んだ。

口を結んで、目の前の床に寝かされた悠真へと視線を向けて――

（落ち着いて、落ち着いて、落ち着いて……！）

これまでも怪我人と向き合うたびに自身に芽生える恐怖や不安を押し殺してきたシャルナ。今まさに命を失おうとしている者の姿を直視するのは、年端《としは》もいかない少女には過酷なものだ。

だが、この力を授かったのは自分なのだから、この道もまた自分が歩むべきものなのだと言い聞かせてきた。

だからこそ、重症者を前にしても治療に専念できる。

――そのはずだった。

「シャルナ様？」

シャルナの補助をするシスターが、なかなか治療に取り掛からないシャルナを不思議に思い心配そうに声を掛けた。

その声にシャルナはハッと我に返ると、額に滲む大粒の汗を拭い、大きく息を吐く。

「大丈夫です、大丈夫……」

いつもと違う。何故だか、呼吸が落ち着かない。血だらけで倒れている悠真から目を逸らしたくてたまらない。

「――ッ」

シャルナは一度固く目を閉じると、息を吸っては吐いて、吸っては吐いてを繰り返し、どうにか気持ちを落ち着かせていく。

そして、幾分落ち着きを取り戻したところで、自らの加護を発動させた。

「我が主よ。魂を欠きし者に、人の身には赦されざる譲渡を――」

詠唱と同時に、シャルナの手先に暖かな光が灯る。

そしてその光は悠真の傷口へと流れ込み、優しく包んでいく。

「――!」

シャルナがようやく治療を始めたことに安堵するシスターたち。

だが、シャルナ自身の表情は険しいままだった。

いつもとは違う精神状態。だがそれ以上に、これまでにない違和感を抱いていた。

雑念を振り払い、悠真の傷口の治療に集中するシャルナ。次第に息が荒くなっていく。時間が経てば経つほどに、加護の代償として彼女は自らを疲弊させていった。

すべてを出し尽くし、光が収まったころ……悠真の傷口はほぼ塞がり、血も滲み出す程度にまで修復していた。

周囲のシスターたちが、瀕死の人間を救ったシャルナに尊敬のまなざしを向ける。

如何に医療が発達しようと、如何に治療薬が発達しようと、瀕死の人間を救うことは不可能に近い。だがそれを容易く実現してしまうのが、シャルナという少女の加護。

死んでさえいなければ、その命を救うことができる。

故に、シャルナの力は《奇跡《ミラス》》と名付けられ、また彼女自身も『聖女』として崇められているのだ。

「すみません、治癒薬をください」

そんなシャルナの言葉を聞いて、シスターは首を傾げる。

これまでシャルナは加護で治療した怪我人に治癒薬を使うことなどなかった。そもそも使う必要がないほどに回復するからだ。

だが事今回に至ってはそれを求めている。

疑問を抱きながらもシスターは指示に従い治癒薬をシャルナに手渡した。

シャルナは治癒薬の飲み口を悠真の唇に添え、そのまま流し込む。

ゴクッと喉が動いたのを見て彼女は僅かに微笑むと、更にもう一口と流し込んでいった。

しばらくすると、治癒薬の効果により塞ぎきっていなかった傷口が治り始める。

シャルナはそれを見届けると、ふぅ……と息を吐いて立ち上がった。

「後は、お願いします。私は少し休みます」

そう告げて、シャルナは自室へ向かう。その表情は憔悴《しょうすい》しきっていた。

部屋を後にしたシャルナは、しばらくして立ち止まり、掠れた声で呟く。

「どう、して……」

青い目を細め、自分の両手を見つめる。

己の未熟さ、不甲斐なさ、怒り、そして戸惑い……溢れ出る様々な感情に、シャルナは唇を噛みしめ、表情を歪ませる。

「どうして、どうして……ッ、治癒が……できない、の……」

そのまま力なく崩れ去り、両手で顔を覆う。

薄暗い廊下に、少女の嗚咽《おえつ》が木霊《こだま》した。

† † †

「うっ……くぅ……」

部屋のベッドで悠真は寝かされていた。

身体の痛みからか悪夢からか、苦痛に耐えるように苦悶の声を上げている。

険しい表情を浮かべる悠真の額の汗を、傍らで見守るシャルナが濡れたタオルで優しく拭う。

悠真が教会に担ぎ込まれてから一週間が経った。

にもかかわらず、悠真は少しも目を覚ます気配を見せない。

一日に一度、シャルナが加護による治療を行っているのにもかかわらず、だ。

悲しげな表情でシャルナは悠真を見つめる。

それからおもむろに、自身の右手を目の前に翳《かざ》した。

「どうして……どうして、ユーマさんには私の加護がうまく使えないのですか……」

神に問うように、シャルナはそう口にする。

瀕死の悠真に施した《奇跡《ミラス》》の効力が、いつもよりも格段に劣っていた。

傷は癒えた。血も止まった。けれど、失われたものを取り戻せていない。その証左として悠真はいまだ目を覚まさない。

「我が主よ。魂を欠きし者に、人の身には赦されざる譲渡を――」

一日の終わり、世界が眠りにつく時分に、シャルナはその日最後の力をありったけ悠真に注ぎ込む。

早く目を覚まして、と願いながら。

† † †

「ネロ？　……ねぇ、ネロってばっ！」

「――！　……何？」

昼下がり。人の出入りも落ち着き、受付に誰も並ばなくなった時間帯に、セリアはネロに声を掛ける。

ボーッとしていたネロは、悠真がなかなか帰ってこなかったあの時と同じようにワンテンポ反応が遅れた。

「またあの新人君のことを考えていたんでしょ？　聖女様が治療されたんだから、心配する必要なんてないのに」

「え、ええ。だけど……」

「気持ちはわかるわよ？　あんな姿を見せられたら……」

あの日の真夜中、ギルド会館の扉に何かがぶつかる大きな音がして、眠りかけていたセリアはハッと目を覚ました。

気付いた時にはネロが既に扉まで駆け寄っていて、セリアも慌ててそれに続く。

扉を開けたネロにそのままましなだれかかってきたのは、血だらけの悠真だった。

まったく力の入っていない足腰。ロングソードを杖代わりに何とか歩いてきたのだとネロたちはすぐに察した。

二人は即座に男性職員を呼び、教会へと運んだのだった。

「それにしても、何があったのかしら？」

「あの傷は、ゴブリンとの戦闘でできたものね。小さい刃物を扱う魔物って言えばゴブリンぐらいだもの」

「ゴブリン、かぁ」

――ゴブリン。

駆け出し冒険者が倒す最初の魔物が、このゴブリンだ。

スライムよりも弱いといわれるが、それは単体である場合の話。

複数体のゴブリンと、ソロでいる時に出くわせば、駆け出しの冒険者ではまず生き延びられない。

何せゴブリンは小賢《こざか》しい。知恵を絞り、術を学び、あらゆる手段をもって命を刈り取ろうとしてくるのだ。

故にゴブリンは、最弱でありながらもっとも油断ならない敵でもあった。

「あの傷からすると、恐らく最低でも三体以上は相手にしたはず」

「……！　私はてっきりあの子の戦闘技術は未熟なんだと思ってたわ。だからこそ討伐依頼も受けたがらないんだと思ってたんだけど、意外とそうでもないのね？」

「ええ。ネロの見立てでは武に通じる何かに少なくとも二、三年は触れてるわ」

淡々と自らの考えを口にするネロに、セリアは感嘆する。

ネロが受付嬢として有能な理由の一端。それが、この異常なまでの分析力だった。

冒険者の実力や潜在能力、報告の真偽などを日々見抜かなければならない受付嬢にとって、そうした分析力は重要な能力である。

「……だけど、なんて言えばいいのかわからないけれど」

「？　何か気になることでもある？」

珍しく不安げに呟くネロに、セリアが訊ねる。

ネロは少し躊躇いがちに、自分が抱いた違和感を口にした。

「ユーマにはそれだけの期間、武に触れてきたような雰囲気がまったく感じられない。体はしっかりと作られているのにもかかわらず。……まるで」

瑠璃色の瞳で天井の一点を見つめながらネロは零す。

「……まるで、生き死にとは無縁で、恐ろしいほどに平和で、武がただの習い事でしかないような場所で暮らしていたかのように……」

ネロの言葉に、セリアは苦笑する。

何故ならそんな場所、この世界のどこにもありはしないのだから。

「変なことを言ったわ。忘れて」

我ながら馬鹿らしいことを考えるものだと、ネロは苦笑しながらそう告げた。

† † †

悠真が倒れてから九日目の朝。

ようやく悠真の苦悶の声も減り、回復傾向にあることが見て取れるようになった。

とはいっても、そろそろ意識が戻らなければ栄養面での心配が生じてくる。

今のところ食事は治癒薬などで補い、加えてシャルナの継続的な《奇跡》《ミラス》で生きながらえてはいるが、決してそれだけでいいというわけではない。

証拠に、悠真の体は日に日に肉が落ちている。

早く目を覚まして。

そう願いながら、シャルナは今日もまた《奇跡》《ミラス》を施した。

その日の夜。

結局、九日目も悠真が目を覚ますことはなかった。

シャルナは重いため息を吐きながら、日課ともいえる治癒薬作りにとりかかる。

そこでふと、材料の薬草がほとんど底をついてしまっていることに気付いた。

薬草採取――教会から常時ギルドに回している依頼だ。

とはいえ、地味な依頼で報酬もそう多くないため敬遠されがちだった。

仮に多少報酬を上げても冒険者は武勇を求めて討伐依頼を受けるだろうし、報酬を上げすぎて採取の受注者が増えたら、今度は魔物討伐を引き受ける者が減ってしまいかねない。

故にこれまでは薬草が尽きてきたら教会のシスターが草原まで採取に向かっていたのである。だがこのところ、悠真のおかげでその回数も減っていた。

そんな薬草の減り具合を見たシャルナは、悠真の不在を感じて手を止めてしまう。

仕方がない、と治癒薬作りを中断して中庭に出る。

真っ暗な空には、星がキラキラと輝いていた。

シャルナは中庭に置かれた石造りのベンチに腰掛けると、輝く星を見つめながら悠真のことを思い返す。

始まりは森だった。

たまたま森に薬草を採りに行って、たまたま倒れていた悠真を見つけた。

怪我人を保護することはシャルナにとって日常だったが、悠真はこれまで治療した誰よりも変わった人だと彼女には感じられた。

事あるごとに感謝の気持ちを口にする悠真。彼の態度と在り方はシャルナにとって珍しいものであり、同時に好ましいものであった。だからこそ何かにつけて彼女は悠真を気にかけていたのだ。

そんな彼がもう少し教会に住まわせてほしいとお願いしてきた時は正直嬉しかった。

嬉しい。この珍しい人ともう少し親しくなってみたい。そう思った。

悠真は日銭を稼ぐために冒険者になるといった。

傷だらけだったとはいえ、あの森でゴブリンを倒したのは紛れもなく彼自身だ。実力は問題ないだろうとシャルナも勧めた。

悠真が魔物討伐を引き受けることはシャルナにとって不安ではあったが、何かあったら自分が治せばいいと、心のどこかで過信していたのも確かだ。

だが、彼は薬草採取の依頼しか受けなかった。

彼はただ単純に、命のやり取りを恐れていたのだ。

それは、彼をよく見ていたシャルナでなくてもわかるぐらい明白だった。

非力なわけではない。少なくとも魔物を倒せるだけの力はある。

中庭で素振《すぶ》りをしていた悠真を見て、シャルナはそう確信した。

それでも彼は頑なに危険を避け、何よりも命を大切にしていた。

間違ったことではないし、良いか悪いかで言えばもちろん良いことだとシャルナも思う。

だが、きっと他の冒険者からしたら受け入れがたい考え方であることも頷ける。

そして案の定、悠真はあの日、陰鬱《いんうつ》そうな表情で依頼も受けずに帰ってきた。

彼のその表情を見てシャルナはすぐに事情を察し、同時に悠真の気持ちに気付いて苦しくなった。

——彼は、孤独だ。

自分の目の前で赤子のように泣きじゃくった悠真。

それを見た時、シャルナはふと思った。彼の支えになりたいと。

何故だろう。初対面でどうしてそう思ってしまったのだろう。

彼の優しい人柄が好意的に映ったから？

彼が、あまりにも弱々しく見えたから？

彼が、帰る場所を無くしたかつての自分に似ていたから？

答えは出ない。考えれば考えるほど出口のない迷路の奥へ奥へと突き進む。

でも、シャルナは確かに決めたのだ。彼の助けになると。彼の力になると。

決して悠真には言えない、自分の密かな決意。

聖職者たる自分の、聖職者としての強い願望ともいえる何か。

だが、結局は力になれてなどいない。

神はお見抜きになられたのだろうか。聖職者でありながら一人の人間に肩入れする浅ましさを。

立ち上がり、悠真の眠っている部屋へと向かう。

静かだ。廊下を進む自分の足音と吐息がはっきりと聞こえる。

やがて部屋に辿り着き、ゆっくりとドアを開けて中に足を踏み入れた。

悠真は先ほどと変わらず、規則正しい寝息を立てて静かに眠っている。

良かったと思いながら、シャルナは木でできたイスに腰を掛け、彼の寝顔を見る。

と、その瞬間、彼の瞼が薄らと、少しずつ開き始めた。

「ユーマさん!?」

思わず大きな声を上げて勢いよく立ち上がる。

意識が混濁していると思しき悠真は、探るように瞳を動かし、やがてシャルナを捉えて口を開いた。

「シャ、ルナ……?」

気付けばシャルナは、涙を流しながら悠真を力強く抱きしめていた。

† † †

音も光も何もない真っ暗な空間に、悠真は漂っていた。

意識はない。意識を手放した状態で、漠然とそこに浮遊していた。

これはきっと生と死の狭間。このまま一線を超えれば死ぬであろう境界。

彼を助ける者も、癒やす者も、声を掛ける者もいない孤独な空間。

そこで悠真は——光を見た。


「……ぁっ」

睡眠からの目覚めとは違う。

いやに重たい瞼を徐々に押し開けていくと、眩《まばゆ》い光が悠真の瞳を刺激した。

徐々に光に慣れてきた目で、周囲を窺う。

そして傍らの人影を視界に捉えた刹那、唐突に声が響き渡った。

「ユーマさん!!」

その鈴音のような優しい声には聞き覚えがあった。

「シャ、ルナ……？」

その名を呼んだ直後、温かくて柔らかい、そしてどこか落ち着く香りのする何かに抱きかかえられる。

抵抗しようにも、抱き付く力は増していく。

ふと、自分の頬にシャルナの涙を感じて、悠真はフッと力を抜いた。

結局、悠真がこの拘束から解放されたのは数分後のことであった。

† † †

「…………」

「…………、えっと……」

気まずい空気の中、悠真は自分に背中を向けるようにベッドに座り込み、俯くシャルナに声を掛けた。

すると、口を結んでいたシャルナがようやく口を開く。

「申し訳ありませんでした、ユーマさん」

一見落ち着いたような口調だが、若干声が上擦《うわず》っている。

とはいえ、悠真だってシャルナの目の前で無様に泣きじゃくった過去がある。だからこれについて冷やかしたりするつもりなど毛頭ない。

きっとそれだけ自分の身を案じてくれていたのだろう。むしろ嬉しさを覚える。

彼女の羞恥を察し、悠真は新しい話題を提示した。

「やっぱり、シャルナの加護で……」

ゴブリンに襲われて、死に物狂いで戦って。

ボロボロの身を引きずりやっとの思いでギルド会館まで辿り着いたところまでは憶えている。

もはや手の施しようもない重症だったはずだ。実際あの草原で倒れたままだったら命を落としていたことだろう。

しかし悠真は今こうして生きている。

それはシャルナの加護による治療以外にありえない。

「はい。ギルドの方が教会までユーマさんを……」

そう言ってこちらを向いたシャルナの表情は暗い。更に彼女は間髪容れずに頭を下げた。

「本当に、申し訳ありませんでした」

思わず、悠真は背筋を伸ばす。

「な、何が?」

シャルナに頭を下げられても、まったく思い当たる節がない。

「私のせいで……、私の《奇跡《ミラス》》がうまく発動しなかったせいで、ユーマさんの回復が遅れてしまったのです。私が未熟だったばかりに……」

「……？」

シャルナが続けた言葉に、ユーマは更に困惑する。

あれだけの傷だ。シャルナがいなければ死んでいた。

どれぐらい眠っていたのかは知らないがこうして生きている。見れば、傷口もほとんど塞がっていた。感謝こそすれ恨む理由なんてありえない。

「シャルナが何を気にしているのかはわからないけど、俺は君に命を助けてもらったんだ。なのに、謝られたら返す言葉がないよ」

苦笑しながら、悠真は思ったことを素直に述べる。

そしてそれよりも口にすべきこと、口にしたいことを伝えた。

「シャルナ……助けてくれて、ありがとう」

「――ッ！」

心からの感謝の言葉に、シャルナはハッと顔を上げて目を見開く。その時、目尻に溜まった涙が弾けた。

胸の前に手を抱き寄せ、シャルナは俯く。そして、悠真に見えないように僅かに微笑んで――

「やっぱり、ユーマさんは良い人です……」

ポツリと、小さく呟いた。

「それで、俺はどれぐらい眠っていたの？」

シャルナの言葉に照れくさくなった悠真は窓の外へと視線を移す。

空は暗く、星がまばらに散らばる光景を見て、悠真はそう聞いた。

「九日ほどです」

「九日⁉　九日も眠っていたのか、俺……」

予想外の長さに衝撃を受ける悠真。と同時に、先ほどシャルナが謝罪してきた理由がわかった。

恐らく、彼女が普段通りに《奇跡《ミラス》》を使えていればもっと短い期間で目を覚ませたのだろう。

（別に、そんなことで頭を下げなくてもいいのにな……）

彼女の真面目さに堪《たま》らず失笑し、同時に心からありがたく感じる。

彼女がいてくれるから、自分はこの世界でも辛うじて生きていけるのだ。

と、その途端、猛烈な空腹感が襲ってきて悠真は腹を押さえる。

そんな悠真を見て、シャルナはすべてを察して笑みを浮かべた。

† † †

「すみません、えーっと……」

翌日、悠真は朝早くからギルド会館に足を運んだ。

きちんとギルドに事情を説明しなければならないと、昨晩シャルナに言われたからだ。

「——っ、久しぶりね、ユーマ。生きていたのね」

受付のネロが悠真に気付き、いつもの調子で声を掛けてくる。

その言葉に悠真は、「まぁ、なんとか……」と苦笑しながら返した。

別に泣いて喜んでほしいわけではないし、そこまで期待してもいないのだが、ただ、もう少しこう、何かあってもいいのではと思う。

チラリと横の受付嬢を見ると、なにやら悠真とネロを交互に見つめてにやけていた。

自分の浅はかな期待を見透かされたようで少し癪《しゃく》に障《さわ》ったが、かまわない。

「えっと、依頼のネロチンソウなんですが……」

「悪いけど、ユーマがギルドに到着した時、ネロチンソウは既に血まみれでボロボロでぐちゃぐちゃだったわ」

「で、ですよね……」

あれだけ採取したのにその成果が無に帰《き》すとは……と少し落ち込むが、命があるだけ良しとしよう。そこまで欲張るつもりはない。

「それに、シャルナ様の《奇跡《ミラス》》がなければ間違いなく死んでいたのだから、今はせいぜい生きていることを喜ぶことね」

「……まったくもって仰る通りです」

返す言葉もないネロの言い分に悠真は肩をすくめる。それにしても、ネロもやはりシャルナは様付けで呼ぶらしい。

「……？　何？」

「い、いえなんでも」

ネロの鋭い視線に、悠真は反射的に首を左右に振る。

「それでユーマ、あの日、あなたの身に何が起こったの？」

ネロが話題を変える。悠真も、自分が何のために朝も早くにここへ来たのかを思い出した。

「えっと、そう、それを説明しにきたんです。あの日、いつも通り草原に薬草を採取しに行ったら、森の近くにネロチンソウが群生しているのを見つけて、それを採ろうとしたところゴブリンに襲われて……」

「それは一体だけだったの？」

「最初は確かに一体だけだったんですが、もつれ合ってるうちに森の中に入ってしまって……、最終的には四体に……いやぁ、死ぬかと思いました」

「四体⁉　本当なの、それは」

ネロが目を見開く。心底驚いているようだ。

横を見ると、隣で他の冒険者の応対をしていた受付嬢もまた同様の反応を見せていた。

「まぁ、おかげでボロボロになりましたけどね。あ、もしかして報酬とかもらえたりするんですかね？」

「それは無理ね。だって討伐証明部位を持っていないし、何より依頼を受けているわけではないから」

「あー、やっぱりそうなんですね」

そんな気はしていたので、悠真は特に残念がることもなく返した。

「今日はどうするの？　ネロチンソウの依頼はまだ受けたままだけど」

「いや、今日は休みます。本調子じゃないですし、いろいろと整理したいので。それに、装備も万全じゃないですしね」

あの戦いで失ったものは少なくない。まずは準備を整え、明日からまたやっていこうと悠真は決めていた。

「……そう、それがいいわ。今日はゆっくりと体を休めなさい」

「え？　あ、はい。ありがとうございます……？」

悠真の予定を聞いたネロは、僅かに微笑みを浮かべ、優しげに声を掛けた。

そんな彼女の予想外な言動に、悠真は戸惑いつつも感謝を述べた。

（……母親？　いや、姉？）

彼女の雰囲気がどことなく保護者的な何かに似ていたのは気のせいか、などと考えながら悠真はギルド会館を後にした。

† † †

この世界に来てから一ヶ月。依頼を達成して貯めた二万マネは――消えた。

先日の戦闘で刃が欠け、まともに使えなくなったロングソードを、ギルドが紹介してくれた鍛冶屋に修理に出したためだ。

その費用が大体二万マネ。悠真の予想よりは幾分安かったが、それでもこの出費は痛かった。

当初シャルナは、他にも余っている武器はあるからそれを使ってくれればいいと言ってくれたのだが、悠真は頷かなかった。

故人が所有していた物を使わせてもらっていたわけで、刃がかけたからといって修理もせずに別の物に換えるなど、悠真自身許せなかったのだ。

だから現在は、シャルナに頼まれた買い物の仕事を請け負っている。まだ病み上がりなのだからとシャルナは渋ったが、悠真が無理矢理引き受けたのだ。

教会を出る前に用意したメモを見ながら市場《いちば》を回る。

そのメモは、シャルナが買ってきてほしいものを悠真がリストにしたため、日本語である。シャルナはそれを覗き込んで首を傾げていた。

ポケットを弄り、シャルナから預かったお金が入っていることを確認しながら、悠真は頼まれた食材を探した。

† † †

「……っと、これで全部か」

木の枝で編まれた大きめの手提《てさ》げを覗き込み、メモと見比べながら過不足がないかを確認する。

おつかいは日本にいた頃も親に言われてよく妹と一緒に行った記憶がある。

とはいえ日本と異世界だ。いろいろと違いはある。

例えば以前料理に使ったニンジン。あれは見た目も匂いも味も完全にニンジンだが、この世界ではニロットというらしい。

というわけで悠真のメモ書きには『ニロット（ニンジン）×5』と記されている。

とはいえお店の看板も商品に付いた商品名も読めないため、広い市場の一店一店を覗きながら、実際に何が置かれているかを確認しなくてはならず相当な時間がかかってしまった。

ようやくすべてを買い終えたその帰り道、悠真は市場の中で異様な雰囲気を放つ店を見つけて足を止めた。

「なんだ、あれ……」

顔を顰めてその店を遠目から凝視する。

黒幕のような何かで入り口が覆われ、その前には一人の厳つい男がこの先は通さんとばかりに仁王立ちしていた。

ふと風で黒幕が揺れた際、隙間から薄暗い店内が僅かに見えた。

木でできた——檻？

目を凝らす。檻の中で、何かが動いたのだ。

「あれは、まさか……」

知らず、一歩後ずさる。

檻の中にいたのはみすぼらしい布一枚で身を包んだ、年端もいかない幼子だった。

「——っ！」

わかっている。ここはすべての人に人権が与えられて、少なくとも人としての最低限の暮らしが保障されていた日本とは違うのだ。

命を懸けて金を稼ぐ。ならば、自身の人生が金になる——奴隷が存在していてもなんら不思議はない。

だが、人が同じ人を売り買いする。

今まで見たことのないその異様な光景に、悠真は嫌悪感を超えて吐き気を催した。

「くそっ、くそっ！」

無意識の内に悪態を吐きながら走り出す。

まだ治りきっていない太ももに鈍《にぶ》い痛みが走る。

一心不乱に、全力で、悠真は教会に向かって走った。

逃げたかった。ただ、あの場所から逃げたかった。

数分間全力で走り続け、ようやく教会に辿り着く。

そして乱暴に扉を開け、礼拝堂に静かに佇むシャルナを見つけると、大きく息をつきながらゆっくりと彼女に近付いていった。

いきなり乱暴に開かれたドアに、シャルナは驚いて振り返った。肩を大きく上下させて歩み寄ってくる悠真に困惑する。

それにかまわず悠真は、シャルナの両肩を乱暴に掴んだ。

「なんなんだ、あれは！」

自分でも恐ろしいくらい乱暴に叫んだ。彼女にこんなことをするのは筋違いだとわかっている。

でも、このどうしようもない、やり場のない衝動をどこかにぶつけずにはいられなかった。

あの光景を見てこみ上げてきたのは怒りとも悲しみとも違う。

そう、これは――恐怖だ。

人が物として扱われる。その光景を目の当たりにして、自分は知らない世界に一人でいるのだと改めて実感してしまった。そして湧き上がる恐怖を振り払おうと、悠真は今シャルナに当たってしまっている。

自分が間違っているとわかっているのに、このやり場のない感情をぶつけずにはいられない。そうでもしなければ恐怖に呑み込まれてしまいそうだった。

「あれ、とは？」

悠真の激情を前にしても、シャルナはいつもと変わらない落ち着いた声で問うた。

その声に、悠真はようやく冷静さを少し取り戻す。

「……ぁ、その、ごめん。人が檻に閉じ込められていた店を見て…」

シャルナの両肩を掴んでいた手の力を緩め、そして離れる。

悠真の言葉を聞き、シャルナは少し悲しげな表情を浮かべた。

「それは奴隷市場、ですね」

「奴隷……」

聞きたくなかった言葉を耳にし、悠真は顔を伏せる。

「奴隷の大半は、親に売られた子供なのです」

「!?」

「生活が苦しくなった親の、最後の財産。それが子供。これは極端な例ですが、お金を稼ぐために子供を産む親もいます」

「それって……」

思わず息を呑み込む。

金を得る手段として、子を産む親……

「そんなの、子供があんまりにもかわいそうじゃないか……」

「……ユーマさんは時々変なことをおっしゃいますね？」

「変なこと？」

「だって、子供を売る親なんて珍しい話ではないですし、普通はそんなこと思いもしませんよ。それに、奴隷市場や奴隷の存在をまるで今日初めて知られたみたいですし……」

「…………」

目を伏せる。自分がこの世界の住人ではないことを見透かされたような気がした。

（普通はそんなこと、思いもしない、か）

奴隷という存在。親が子を売るという行為。それについて、この世界の大多数は何も思わないらしい。ならば、彼女は……

「それなら、シャルナは、奴隷についてどう思っているの？」

「……そう、ですね」

呟きの後、シャルナの口からはなかなか続きが発せられなかった。

不思議に思って悠真は視線を上げる。

「……ッ！」

と同時に息を呑んだ。

今まで見たことがないほど険しい表情を浮かべているシャルナ。

悠真の視線に気づき、シャルナはハッと表情を和らげる。

そして悠真に背中を向け、立ち去りながらこう答えた。

「私は奴隷が——嫌いです」

その声の冷たさに悠真はしばし呆然とする。

慈愛に満ちた聖女たる彼女ならば、きっと奴隷を良しとはしないはずだと悠真は勝手ながら思っていた。自分と同じ価値観であって欲しいと。だから、奴隷についてどう思っているのかと問いかけたのだ。

だが、シャルナのその表情からは、悠真とはまるで異なる別の感情が見てとれた。そしてそれが何かわからず、悠真は結局何も言えなくなってしまったのだった。

おつかいで買ってきたものを渡し忘れたことに気付いたのは、それから少し経ってからのことだった。

第六章　緊急依頼

「一本、二千五百マネ……か」

一夜明けたこの日、悠真は武器屋に足を運んでいた。

というのも前回のゴブリンとの戦闘で、薬草を採取するために持ち歩いていたスコップが思いのほか役に立ったのを思い出し、もし小型ナイフみたいなものがあれば戦いやすくなるのではと思ったのだ。

そんなわけで店に置かれてあるちょうど良さそうな小型ナイフの値段を聞いた。

店主から返って来た答えは二千五百マネ。一本でこの値段だ。

万が一の時のために、二本は持っておきたい。

「となると、目標額は五千マネ。ネロチンソウ一本の報酬が五十マネだから百本採取で目標達成か。一日大体二十本近く採れたとして……まあ、一週間もあれば貯まるか」

ふむ、と頷く。

店主に会釈をし、金が貯まってからまた来る、とだけ告げて背中を向ける。

と、店を出る直前、壁にかけられてある盾に目がいった。

「盾、か。そういえば甲冑《かっちゅう》とか、革鎧とか。そういう系の防具もあるんだよな。命を守るためにこはひとつ……」

口にしてから、悠真は「いや……」と頭を振る。

いくら命が優先でも、防具を身に着けて長時間作業したら重たすぎて体がもたない。

もし本当にそういうものを装備する機会がくるとしたら、討伐依頼を受ける時だろう。

そして間違っても、悠真は討伐依頼を受ける気はない。

盾だけ持ったとしても、片手が塞がった状態で薬草採取など困難だ。

そんなことを考えながら店を出ると、ちょうど往来をいく、盾を背負った冒険者を視界に捉えた。

(あ、そうか。何も盾を常に手に持っている必要はないのか……。小さめの盾ならいいかもしれないな)

なにはともあれ目下のところ必要なのはナイフだ。

小型ナイフを二本手に入れる。それがひとまずの目標となった。

† † †

「お兄ちゃん！」

「……ッ！」

通りを歩いて教会に戻る最中、悠真の後ろで少女の声がして思わず立ち止まる。

そんな悠真の横を、十代前半ぐらいの女の子が駆け抜けていく。

そして、少女は悠真の先に立つ十代後半の少年に抱き付いた。

つまるところ、二人は兄妹なのだろう。

（妹、か……）

家族、友達。悠真にも、もちろんそういった存在がいた。

彼ら彼女らは、果たして自分がいなくなった今どうしているだろう。どうなっているのだろう。

もしかしたら自分という存在がもともといなかった……なんて、理不尽なことになっているかもしれない。

そう考えると途端に恐ろしくなる。

そこではたと、悠真は思った。

——自分は何故、この世界に来たのだろうと。

悠真がこの世界に来たあの日、ただ自室で眠っていただけだった。

ここへ来て、特殊な力を授かったわけでもない。

だが、どんな事象にも必ず意味や理由はあるはずだ。なればこそ、自分がこうしてこの世界に来たことにも何らかの意味があるのだろう。そうでなくては困る。何の意味もなくこんな目に遭っているなんて理不尽は到底容認できない。

それなら、その理由を突き止めるためにすべきことはなんだ。

（……まずは、情報収集だな。といってもこの世界で情報収集するには人脈がない。というより皆無だ。となると書物や伝承に頼ることになる……そのためにはやっぱりこの世界の文字を学ばないといけないな。書物が読めないのは問題だ）

この世界に来て一ヶ月と少し。ドタバタしていてあっという間に過ぎてしまったが、今ようやく一つの目的を決めた。自分のこの世界での最終目標は――

「――自分がこの世界に来た理由を知り、そして元の世界に帰る」

決意を口にして、再び歩き出す。

……もし、もし仮に。この世界において、日本に残してきた家族や友達、それらと同等以上に大切な人ができたとして。悠真はそれでもなお、元の世界に帰るのだろうか。

その選択を強いられることになるのは、まだ先の話だ。

† † †

「シャルナ、ちょっといいかな」

教会に戻った悠真は早速シャルナに声を掛ける。

振り返りながらシャルナは微笑んだ。

「はい？　どうされましたか、ユーマさん」

「この辺りに本が読める場所とかってないかな？」

「本が読める場所ですか？　もちろんありますよ。少し離れたところに書物庫が。ここはアッテム地方最大の街ですから」

「本当に!?」

「はい。入館料として一度につき千マネがかかりますが、代わりに一度入ってから出るまで数千から数万の書物を自由に読むことができます」

「千マネで数千から数万の書物……」

入館料千円は少々取りすぎな気もするが、そもそも書物自体の価値が高いのだろう。そう考えるとむしろ安いのかもしれない。

「それにしても、どうして書物庫のことを？　ユーマさんは文字が読めませんでしたよね？」

「うぐっ……」

シャルナの的確な指摘に、悠真は思わず胸を押さえる。

その仕草がよほど可笑しかったのか、シャルナは苦笑する。

「いや、実はその通りなんだよね。いろいろあって本を読みたいんだけど、文字が読めなくて困ってるんだ……それで、またシャルナにお願いなんだけど」

「なるほど、わかりました。ユーマさんは文字を教えてほしいのですね？」

「うん。簡単なのでいいんだ。シャルナには貰ってばっかりで本当に申し訳ないと思うんだけど、お願いできるかな？」

「……私も、ユーマさんからいろいろなものをいただいていますよ」

「え？」

小さく呟かれたシャルナの言葉。それが聞こえず悠真は聞き返すが、彼女は「いえ……」とはぐらかして微笑む。

「もちろん、ユーマさんに文字をお教えするのはかまいませんよ。……それにしても、ユーマさんはどうして本を読もうなどと思われたのですか？　文字も読めないのに」

「え、どうして？」

「正直なことをいえば、本なんて読むのは貴族の方や裕福な方だけですよ。一般の人はそんなものに手を出すことはありませんし、そもそも興味を抱きすらしません」

「あー……」

これも日本との違いらしい。

確かにこの世界で、本を読むという娯楽に手を出す余裕のある人間なんて限られているのかもしれない。

どうしたものかと悠真は考える。

まさか、元の世界に戻るための方法やその手がかりを調べるために本を読みたいなんてのは、突拍子もない理由だし。やはりここは少しはぐらかそう。

「えーっと、自分の故郷がどこにあるのかなと思って。ほら、家族が心配しているかもしれないから、早いうちに目星をつけておかないとなぁと思って」

悠真の言葉に何を思ったか、シャルナは一瞬目を伏せる。

「そう、ですか。そういえばユーマさんはとても遠いところから来られたのでしたね」

「うん、そうなんだ。帰り方がわからなくて……」

「なるほど、では私も最大限のお手伝いはさせていただきます。心配しないでください、すぐに帰り方がわかりますよっ！」

悠真のことを気遣ってか、シャルナは明るく言い放った。

その態度を見て悠真は若干罪悪感を抱いたが、しかしそれに勝る彼女への感謝と言葉にできない感情が生まれる。

対するシャルナは「もちろん仕事中は無理ですが」などと冗談交じりに付け加え、仕事に戻るために礼拝堂を去っていった。

悠真はその背中をボーッと見つめ、そして胸中に家族のことを思い浮かべた。

† † †

「では始めますね」

シャルナが一日の仕事を終え、悠真の部屋に顔を出した。

もちろん、彼に文字を教えるためだ。

シャルナは羊皮紙を数枚と、何かの植物の茎の先端が斜めに切られたものと、インクの入った小さな陶器を携えてやってきた。

何故に植物？　と、悠真は思わず首を傾げた。

部屋の隅に備え付けられてある小さいテーブルを部屋の中央に移動させると、シャルナはそこに持ってきたものをすべて置いた。

「えっと、これは……？」

思わず、悠真は植物の茎を指差して聞く。

「え？　ペン、ですが……」

その問いを受け、シャルナは悠真が植物のペンを知らないことに驚き、そして困惑した表情を浮かべる。

ギルドの受付では羽ペンを使っていたし、自分も以前メモ書きで羽ペンを使用したので、てっきりあれが出てくるのかと思ったが、そういったペンは高価なものらしい。

その割に羊皮紙はこうして練習に使う程度には流通しているらしく、悠真にはいまいち物の価値が掴めなかった。

（じゃあ、本の価値が高いのは単純に羊皮紙の値段が高いんじゃなくて、印刷技術の貴重さゆえなのか？　いや、そもそも実際に本が羊皮紙で作られているのかもわからないけど……）

いろいろと考えるが、結論はまとまらない。

そもそも地球の技術の歴史に当てはめること自体が間違っているのかもしれない。

「では、まずは――」

そう切り出し、シャルナは植物の茎をインクが入っている陶器の中につける。

そしてそのまま引き抜くと、羊皮紙に文字を書いていった。

（そういえば、植物の茎には導管があったっけ。なるほど、昔の人もこうやって文字を書いたのか……）

なんとも言えない感動に包まれている悠真。

そんな悠真の顔の前に、シャルナがずいっと羊皮紙を突き出してきた。

「えっと……？」

「これをすべて覚えれば、なんとか文字は読むことができます。横に置いておけば書物を読むこと自体はできますが、それだと時間がかかりますから覚えてしまいましょう」

「あ、はい……よろしくお願いします」

突き出された羊皮紙に書かれているのは、よくわからない文字の羅列。何かの模様に見える。平仮名やカタカナ、あるいはアルファベットともかけ離れた文字だった。

「これは大変そうだ……」

「頑張りましょう！」

シャルナに言われて、悠真は力強く頷く。

書物を読むために、文字を覚えるのは最低条件だ。

地球に帰るためならば、悠真はなんだってすると決めている。

それを考えたらたかだか一つの言語を覚えるぐらいどうってことはない。

「やってやるさ！　義務教育、そして受験勉強を経た高校生の力を見せてやる！」

思わずそう声に出してしまい、シャルナの耳にも入ったらしく変な目で見られた。

悠真はその眼差しから逃げるように羊皮紙に視線を集中させた。

† † †

「っし、九本目っと！」

ロングソードの修繕が終わり、受け取ってから三日後。悠真は当初の予定通り草原に繰り出し、ネロチンソウの採取に勤しんでいた。

何故受け取って三日も経ってから依頼を受けたのかと言えば、草原に向かう決意がなかなかできなかったからだ。

わかりやすくいえば、臆したのだ。

またゴブリンに襲われて死にかける……いや、今度は死ぬかもしれないと。

だがいつまでも教会に引きこもっていては何も解決しない。

ようやく腹をくくって草原に出てきたわけだが、怪我を負う以前よりも作業効率はよろしくなかった。

何故なら……

「だ、大丈夫だよな……」

ちらりと、森の方を窺う。

悠真は今までよりも、更に森から離れたところで作業していた。

森から離れるほどネロチンソウの数が少なくなるせいもあるのだが、それ以上に作業に集中しきれていないというのが採取に影響していた。

「…………」

もう一度、ちらりと森を見やる。

ゴブリンが来ていないか。実はもうそこにいるのではないか。

そんな猜疑心が悠真の作業を邪魔していた。

結果、もう何時間も探しているのにもかかわらず、たったの九本しか採れていない。

「はぁ……、今日はもう帰るか」

陽が僅かに沈み始めたのを確認して、悠真は草をかき分ける手を止める。

無理をする必要はない。少しずつ慎重に貯めて行けばいいのだ。

腰に両手をあてて、そのまま胸を突き出す。

背骨がポキポキと小気味のいい音を立てるのを感じながら、悠真は街へと引き返した。

† † †

「これが今日の分です……」

採取した九本のネロチンソウを、例のごとくネロのところに持って行く。

ギルド会館に着いてからの一連の動きはもはや手慣れたものになっていた。

悠真が声を掛けてネロチンソウを渡すと、ネロは一瞬固まり、目を丸くしながらそれらを受け取った。

「あ、預かったわ……」

受け取り、奥に入っていくネロ。そして待つこと数分。戻って来たネロは、報酬の銀貨四枚と銅貨五枚を差し出す。

「九本だったから、報酬は四百五十マネね。確認して」

「ありがとうございます」

差し出した手の平の上に貨幣がそっと置かれる。

そのまま立ち去ろうとした悠真に、先程から何か言いたそうにしていたネロがようやく声を掛けてきた。

「討伐依頼は受けないの?」

「……え?」

彼女の声に反応が遅れたのは、まさかネロの方から話しかけてくるとは思わなかったからだ。

悠真の間の抜けた声を受け、ネロはどこかバツが悪そうな顔をし、躊躇いながらも声を発する。

「別に。ユーマの実力だったらゴブリンの討伐は十分にこなせると思っただけ。その方がお金を稼ぐという意味では遥かに効率がいいもの。それに、パーティを組めば命を落とすリスクも格段に減るわ」

「はぁ、まぁ……」

そのようなことを考えなかったといえば嘘になる。

ゴブリン二体までなら、今の自分でも恐らく単独でなんとか対処できる。

その自信は、前回の戦闘で生まれた。

だが、絶対という確証はない。命を落とすリスクがある以上、そういう依頼には手を出さない。

それが、悠真が生きて日本に帰るために決めたことだった。

何よりネロのいうパーティを組めばというのは——

「………、はぁ……」

周囲に視線を向ける。大多数の冒険者が相変わらず敵意を向けてきている。言わずもがな、臆病な冒険者たる自分に対する嫌悪からくるものだ。

仮に自分に敵意を抱いていない人がいたとしても、これだけの周囲の目があるとなると、とても自分とは組んでくれないだろう。

「いや、まだその時じゃないかな……と思いまして。装備も十分ではないですし」

「……そう。ごめんなさい、立ち入ったことを聞いたわ」

「気にしないでください。ネロさんの疑問はもっともですよ」

個人の事情に踏み込んでしまったことをネロは詫びたが、悠真自身は別段気にしていない。というより、むしろ嬉しかった。

踏み込んで聞いてくれるまでの親密さは築けたらしい。

再度頭を下げるネロに苦笑で応じ、悠真はギルド会館を後にした。

† † †

「十五本で、報酬は七百五十マネね」

「どうも……」

その日もまた、薬草を採取するだけで終わった。

ギルド会館にて採取した薬草を提出し、本日の報酬を受け取りながら悠真は脳内で蓄えを計算する。

薬草採取依頼を再開してからちょうど一週間。一日に採れる薬草の数にバラツキはあれど、それでも一日平均六百マネ程度は稼げている。

おかげで貯蓄は四千五百マネ。

装備を調《ととの》えるための目標金額である五千マネまでは、あとネロチンソウを十本程度採取すればいいという計算だ。

（明日には貯まるかな。いや、でも他にも何か買うかもしれないし、念のため明後日も依頼を受け

よう。武器屋に買いに行くのは明々後日《しあさって》だな）

受付で報酬を受け取りながらいろいろ考えていた時だった――

突然ギルドの奥から職員が現れ、カランカランと右手に持ったベルを鳴らし始める。

「緊急！　緊急！　緊急依頼!!」

ギルド館内に響き渡るように大声で叫ぶ職員。

更に別の二人の職員が出てきて、依頼ボードの脇に置かれているデスクの元へ行き、羊皮紙の束を乱暴に置いた。

「ファウヌス南西にてゴブリンの群れ、十五体を確認。報酬は一体につき一万五千マネ。報酬は一万五千マネ！」

その一声で、ギルド会館の中で屯していた冒険者が羊皮紙の束に群がった。

「あれは……？」

ただ一人、この状況に置いてけぼりの悠真は、目の前で何も言わずに佇むネロに事態の説明を求めた。

「あれは緊急依頼よ」

「緊急依頼？」

「ええ。これについては、そもそもギルドとはなんなのかって話に遡《さかのぼ》るわ。ギルドとはその地方の領主が、領地を護るために運営する機関のことなの。例えばこのギルドはアッテム地方を治める領主様が管理し、アッテム地方を護るために存在するの」

「アッテム地方を護る？」

「そうよ。だから、ギルドは通常の依頼斡旋業務のほかに、アッテム地方最大の街であるこのファウヌス周辺を常に監視したりしているわ」

「監視って、警備しているってことですか……」

「そうね。ファウヌスの北門、西門、東門、南門、そして北東、北西、南東、南西の全方位に詰め所があって、二十四時間体制でギルド職員が交代で周囲を見ているの」

「は、八人も常時監視していたんですか……」

悠真の声にネロは頷く。

「つまり、この緊急依頼は、その監視網に異変があったということね。監視役のギルド職員は魔物の襲来などがあった場合、直ちに伝達係に伝える。そしてその情報がこのギルド会館まで届き、緊急依頼が発布されたというわけ」

ネロの説明を聞いた悠真は、ギルドがそんな役割を担っていたことに驚く。

てっきり国や街を護る組織は、別にあるのだと思い込んでいた。そこのところをネロに訊ねてみる。

「なるほど。そもそも、警察や自衛隊……じゃなくて、公的な軍隊っていないんですか……？」

「もちろん王都にも国軍がいるし、地方領主も治安を維持するための軍隊を保有しているわ。だけど彼らは街を守るための最後の砦だから、簡単には遠方の討伐に派遣されないことになっているの。だからその前にギルド、つまり冒険者たちが代わりに討伐を引き受ける」

「でもそれって、冒険者が誰も討伐に向かわなかったら、この街終わっちゃいませんか？」

悠真が自然と抱いた疑問に、ネロは「それはあり得ないわ」と、珍しく頬を緩ませる。

「確かに、討伐への参加は冒険者の自由意思に託される。でも、この街に来る魔物の大群の数はせいぜい数十。過去最高でも三十体程度なの。それぐらいの数であれば冒険者が十数人も向かえば、さして危険もなしに討伐ができるわ。危険が少ないわりに、報酬は普段よりも高い。だから、依頼を受けない冒険者のほうが少ないのよ」

「あぁ、それでここに屯していた冒険者が多かったんですか」

彼らはギルド会館に留まってこの緊急依頼を狙っていたというわけだ。

納得する悠真に対し、ネロがそれに……と付け加える。

「緊急依頼の場合は、職員の許諾を得る必要がないの。そんなことをしている時間が惜しいし、街を護るためには人員が多いに越したことはないもの」

「へぇ、そうなんですか……」

つまり、階位に関係なく、悠真のような駆け出しでも容易に受けることができるということだ。

「ちなみに、監視しているのはファウヌスの周辺だけなんですか？」

「違うわ。見える範囲すべてよ。……ここから東に十五分ほど馬車で走ったところにあるネレース村や西にあるアウラ村なども監視の対象よ」

「え、そんなに遠くまで監視できるんですか⁉」

「特殊な器具を用いているからね」

望遠鏡や双眼鏡よりも優れた監視器具ということだろうか。この世界の技術レベルがちぐはぐすぎて、もはや理解が追い付かなかった。

「あ、ならもし仮に数百体の魔物が押し寄せてきたらどうするんですか？　対応しきれます？」

悠真のその問いに、ネロはハッと鼻で笑いながら呆れ交じりに答える。

「数百体なんてそんな数の魔物は絶対にこないわ。どの国の例をとっても、それほどの大群が一挙に押し寄せてきた事例はないもの」

それを聞いて、悠真は眉をピクリと動かす。

日本にいた頃も、そんな言葉を聞いた覚えがある。今までそんなことは起きなかったから。世界のどこを見てもそんな例はないから。

けれど、そう言う者に限って、いざ不測の事態が起きた時に口を揃えてこう言うのだ。

——想定外だった、と。

もしその想定外の事態が起きて国が滅んだとして、それでもなお、想定外だったというだけですべてを片付けるのだろうか。

国の存亡が懸かっているのだとすれば、少なくとも常に最悪の事態への対応策を考えておくべきだと悠真は思う。

「もし、もしですよ。本当にそんな事態になってしまったら……？」

しつこく詰め寄る悠真に、ネロは眉を寄せつつ答える。

「万が一そんな事態に陥っても、剣聖がいるわ」

「剣聖？」

「ええ。わが国に一人しかいない第一位冒険者。彼女は一振りで数体もの敵を屠《ほふ》る、恐らくは後世に英雄として語り継がれるであろう生ける伝説ね」

「第一位冒険者……」

冒険者の中で一番上の階級、第一位冒険者。

英雄や勇者。そういったものに最も近い存在。いや、そういった存在そのものか。

今の悠真とはあまりにもかけ離れた存在。

そこまでの人がいるのならば、あるいは大丈夫かもしれないと悠真は少し思った。

それでも心配そうな悠真に、ネロは小さく息を吐きながら更に付け加える。

「もし仮に剣聖でも及ばぬ脅威が現れた場合は、領主様が軍隊を動かしてこの街を防衛する。そしてその間に、王都から増援が来るわ。……どう？　これで安心した？」

ネロの言葉に、どことなく腑に落ちないものを感じながらも、悠真は小さく頷くのだった。

第七章　予兆

「すいません、あのナイフを二本ください」

あれから二日かけて千百マネを稼ぎ、目標であった五千マネを超えた悠真は以前訪れた武器屋に再び足を運んでいた。

目的は言わずもがな小型ナイフの購入である。

左頬に深い切り傷のある坊主頭の店主が、店の奥から「らっしゃい」と低く、小さな声で悠真に対応する。

そんな店主に、悠真は迷うことなく小型ナイフを指差した。

店主は眉をピクリと動かすと、悠真の指差した方を見る。

「……五千マネだ」

一言。不機嫌ともとれる声色で店主は簡潔に値段を告げてきた。

悠真はポケットに手を突っ込み、金貨五枚を店主に近寄って手渡した。

店主はそれをごつい手で受け取ると、小型ナイフを持って行くよう顎で促す。

それに従って悠真は鞘に収まった小型ナイフを棚から取り出した。

「――ッ」

その瞬間、ロングソードほどではないにしろ、ずっしりとした確かな重みが手の平に伝わる。

刃自体はそれほど長くないのに、包丁などとは比べ物にならないぐらい重たく感じる。

ゴクリと唾を呑み込み、二本の内一本のナイフを鞘から少しだけ取り出した。

薄暗い店内に僅かにある光を受け、刀身が妖しく反射した。

「――――」

黙ってゆっくり鞘に収め、二本とも懐にしまう。

傍から見れば平静な動きそのものであったが、内心バクバクしていた。

「切れ味が悪くなったらいつでも持ってこい。簡単なメンテナンスぐらいならしてやる」

「えっ？」

軽く会釈をして武器屋を出ようとしたところで、店主が少し優しげな声音でそう言ってきた。

思わず驚きながら店主の顔を見ると、店主は明らかに顔を逸らし、それきり悠真と視線を合わせようとはしない。

彼の優しさと照れた態度に、悠真は思わず頬を緩ませる。心が温かくなる。

何処の世界でも、良い人はいるものだと改めて思った。

「ありがとうございます」

だから、心からの感謝を込めて悠真は店主に頭を下げる。

「おう……」という店主の不器用な呟きを背に、悠真は店を後にした。

† † †

（さて、これからどうしたものか……）

まだ昼前。武器屋で買い物しかしていないのだから当然といえば当然だが、依頼を受ける時間は十分にある。

が、どうもそういう気分になれない。

悠真の中では今日は休日にしようと思っていたのだ。もっとも現状を鑑みると休むのは甘えだ。

何せ悠真はまだ教会に居候している状態なのだから。

だが、焦って死んでは意味がない。

金を安定的に稼げるようになって教会から自立する。そのためにいくら金が必要だからといっても討伐依頼を受けるつもりはない。少なくとも今の内は。

しかし、薬草採取だけではなかなか自立できないというのもまた事実である。

もちろん、金を稼ぐ方法が冒険者以外にもあることはわかっている。

例えば鍛冶屋。例えば大工。例えば料理人。例えば商人。

挙げればきりがないが、悠真はそのいずれもやるつもりはなかった。

ただ単に専門職が苦手だという理由もあるが、それ以上に冒険者という職にこだわっていた。

何故なら、人との繋がりが最も少ないからだ。

いずれ地球に帰ることを目標にしている悠真にとって、この世界の住人でいることはひと時のことでしかない。なればこそ、あまりこの世界の人と関わりを持つべきではないと思っていた。

帰る時に、別れが辛くならないように。

だから悠真は冒険者であり続けようとする。

たとえ命に危険があるのだとしても、一人でできる仕事なのだから。

青空を見上げながら、悠真はその青に地球を重ねた。

それから、「働くか……」と小さく呟き、いつか地球に帰れる時がくるのを信じてギルド会館へその足を向けた。

† † †

「ん？　どこかに出かけるのか？」

文字の勉強をするためにシャルナの部屋を訪れた悠真は、彼女の部屋の荷物が乱雑に広げられているのを見てそう聞いた。

「はい。もうすぐ三ヶ月に一度の遠征治療の日なので、その用意を」

「遠征治療?」

返ってきたシャルナの答えに聞き覚えのない単語があり、悠真は眉を寄せる。

「遠征治療、です。遠征といってもファウヌス周辺の村々を回って、そこに住む方たちの治療を行うだけですが」

「ファウヌス周辺の村……」

「例えば一番近いところですとネレース村とかですね。いつもユーマさんが薬草を採取しに行っている草原を、更に進んだところにあります」

「え、でもそこってギルドの人の話だと十五分ぐらい馬車で走ったところにあるって聞いたけど? そんなに近いところにあるなら、向こうからこっちに来られるんじゃないのか?」

「距離的に言えばそうなんですが、近くに森がありますので……」

シャルナの話を聞き、悠真は「あるな……」と苦虫を噛み潰したような表情を浮かべて頷く。

「ユーマさんの経験からもわかる通り、あそこには魔物が多く生息しているのです。特にゴブリンなどが。ですから、あの村の方たちがファウヌスに来るにはいつもその存在に怯えなければならないのです。実際、過去に何名かお亡くなりになられた事例がありますから。その結果として、たとえ体調が悪くても魔物に襲われるのが怖くてファウヌスに来ない方が多く、最近ではそれが原因で治療が遅れ、命を落とす方もいらっしゃるのです。ですから、それを防ぐために私が向かおうと……遠征治療の目的はそんなところですよ」

なるほどと、悠真は顎に右手を添えて納得する。

シャルナを必要としている人たちが危険な目に遭わないで済むようシャルナの方から出向く。

他人のためにそこまでするシャルナに対して悠真は一種の憧れを抱いた。

と、そこまで思って一つの違和感に顔を顰める。

「あれ？　それってシャルナが危険なんじゃ……」

悠真の疑問はシャルナにとっても痛いところだったのか、困った風な、曖昧な笑みを浮かべる。

「大丈夫ですよ。私は冒険者の方に守っていただきますので。ギルドが手配してくれているんです」

「そ、そっか。ならいいんだけど……」

安心できる内容なのにまったく安心できない。

悠真は釈然としない様子で顔を伏せる。

願わくば彼女には危険な目に遭って欲しくない。叶えられるならば遠征治療などやめて欲しいぐらいだ。

だが、それを口にはできない。

悠真自身、自らを顧《かえり》みない彼女の態度や行動に救われたからだ。

結局、それ以上話が膨らむことはなく、悠真は彼女の無事を心の内で願いながらシャルナに文字を教えてもらった。

† † †

小型ナイフを二本調達し、残りの所持金が底をつきそうになった悠真は今日も平常運転。ファウヌス近くの草原で薬草採取に勤しんでいた。

代わり映えのないいつも通りの毎日。

他の冒険者たちからすればなんの刺激もなく、つまらなそうに思えるその毎日も、悠真にとってはかけがえのないものである。

あまり変哲のない、一日にすることがある程度決まったこの日常は、まさしく日本にいたころの生活に近かった。

朝起きれば学校に行き、放課後は部活動に励み、そして帰宅すると夕食をとって風呂に入り、そして眠る。

同じリズムで刻まれる毎日。

こんな風に同じことを当たり前のように続けられるのは、とても幸せで価値あることなのだなと悠真は今の境遇になって初めて強く感じた。

だから、悠真は変わらず薬草採取に勤しむ。

願わくば、こんな生活が今後も続けられるようにと。

† † †

装備が多少なりとも調った悠真が次にやろうと思っているのは、情報収集だ。

その目的は無論地球に帰るためであり、それ故シャルナに文字を教えてもらっている。

今はまだ書物を読めるまでには至っていないが、ゆくゆくは図書館――この世界でいうところの書物庫に入り、そこに収められている膨大な書物を読もうと思っている。

もっとも、書物庫に入るだけでもお金はかかる。

何をするにも、やはりお金が必要というわけだ。

「……ま、頑張りますか」

草原の真ん中で伸びをしながら、悠真は息を吐き出す。

この世界に来てからずっと薬草を採取しているだけに、悠真の手つきももはや慣れたもので、長時間薬草を採ってもまったく辛くならなくなっていた。

それだけ長い間同じ場所で同じことをしていると気になることも生じてくる。

というのも、今までネロチンソウを何十、何百と採取してきたのにもかかわらず、悠真がいつも採取しているエリアからネロチンソウがなくならないのだ。

元々それほど多く群生しているわけではなかったので、どうにも不思議でならない。

植物の成長速度が地球とは違うのか。あるいは薬草が特殊なだけなのか。

理由は定かではないが、どうあれ悠真にとっては有り難いことこの上なかった。

「ん？　あれって確か……」

ふと、近くに一本の光る草を視界に捉えた。

光る草。地球ではおよそ見ることができないであろうその植物を、悠真は知っていた。

あれは、シャルナが月に一度危険な森の奥に出向いて採取する薬草の一つ、マファール。

あの薬草を採取するために森の奥まで来たシャルナに見つけられ、命を救われたのは他でもない悠真だ。マファールとはそれなりの縁がある。

（でも、どうしてこんなところに……）

命が救われる要因にもなったマファールのことが気になり、悠真はその特徴をシャルナに聞いたことがある。

それによると、あの光る薬草マファールはもともとはただのナールという雑草だったらしい。

それが森の奥に生息する魔物――悠真が遭遇したことがあるゴブリンなど――が全身から放つ魔素と呼ばれる魔物特有のオーラのようなものを吸収した末にナールが発光し、マファールに変質するらしい。

このマファールとネロチンソウとの最大の違いは加工する必要がないということにある。

加えて治癒能力も高く、わかりやすくいえばネロチンソウの超上位種なのだ。

だが、マファールが発生するその性質上、魔物が現れる危険度の高い森の奥にしか生えず、それ故価値はネロチンソウよりも遥かに高い。

それがこんな草原に生えているのだ。疑問を抱かずにはいられない。

（依頼って、事後で受けてもよかったっけ。……いや、確かダメだったな。まぁ取りあえず回収するだけ回収しておくか）

このまま放置していてはもったいないので、ネロチンソウと同じ要領でマファールを採取する。

思わぬ大物に胸を躍らせながら、悠真はその後も暫く薬草採取を続けた。

† † †

「えっと、ネロチンソウが十六本なんですが……」

ネロのいる受付の前で、悠真はガサガサと懐から採取した薬草を取り出す。

いつもの依頼達成報告の時とは少し違い、歯切れの悪い物言いにネロは首を傾げる。

「何？」

「いや、あの……これも採取したんですけど」

おずおずと、悠真はネロにマファールを見せる。その瞬間、ネロは表情を険しくして悠真を睨んだ。

「まさか、森の奥に……っ」

「いやいやいや！　そんな危険なところ、行かないですよ！　草原にたまたま生えていたんですよ！　俺は絶対に自分から森になんて行かないです！」

清々しいまでに堂々とした臆病者発言に、周囲にいた冒険者たちが一様に不快感を露わにし、小さく悪態を吐く。

そんな冒険者たちをネロは目で制しながら、表情を和らげて悠真に頭を下げた。

「ごめんなさい。それにしても、マファールが草原に生えているなんて今まで聞いたことがないわ」

「そうなんですよ。マファールの特性上、あり得ないはずなんで俺も不思議に思ったんですが、まあせっかくの大物を逃すのももったいなかったので取りあえず採取だけ」

「なるほど。でも、ユーマはマファールの採取依頼を受けてはいないわ。だから……」

「あー、やっぱりそうなりますか……」

「マファールを採取したことを隠して、今から採取依頼を受けてマファールを提出すれば既定の報酬が支払われたわね」

「あ……」

言われて、その手があったかと悠真は額に手を当てて項垂《うなだ》れた。

そんな悠真を見て、ネロはどこか嬉しそうにくすりと頬を緩める。

「え……？」

最近たまに出る、破壊力のあるネロの笑みに、悠真は思わず見惚れ、気の抜けた声を漏らす。

その反応を受け、ネロは照れ隠しなのか「こほん」とわざとらしく咳をする。

「もっとも、このやり方はギルドとして推奨していないから、ネロがそれを口にするのは問題ね。

マファールの話に戻ると、マファールの採取依頼は討伐依頼とセットで受ける人が多いわ」

「討伐依頼と？　どうして薬草採取を一緒に？」

「近場で魔物がよく出現する場所といえばファウヌス近くのあの森なの。だから、魔物討伐が目的で森に入る人が多いけど、その時に意図せずマファールを見つけることも多いわ」

「なるほど、それで最初からまとめて……。うまいやり方ですね……」

薬草の採取依頼に期限はない。

仮に一度の討伐依頼でマファールを見つけられなかったとしても、その次に行く時に見つければいい。

つまり、受けておいて損はないのだ。

悠真は討伐依頼を受ける気がないので森に入ることはないが、今後また今日のように草原にマファールが生えているなんてことがあるかもしれない。

その時に備え、明日からはネロチンソウと一緒にマファールの依頼も受けておこうと心に決めた。

「依頼を受けていないから依頼に準じた報酬は払えないけど、買い取りはできるわ。ただし、報酬だと一本につき八千マネに対して、買い取りだと五千マネになるけど？」

「八千マネ!?　たったの一本で、ですか？」

悠真の確認に、ネロは頷く。

ネロチンソウが一本につき五十マネなのだから、悠真が驚くのも無理はない。

五千マネも貰えるのならば、悠真としては断る理由はない。

「お、お願いします……！」

「わかったわ。じゃあネロチンソウの依頼と併せて精算してくるから」

一度奥に入ったネロが、照会手続きを終えて戻ってくる。

その手にはいつも通り報酬の貨幣が握られていた。

「ネロチンソウ十六本の報酬が八百マネと、マファールの買い取りが五千マネ。併せて五千八百マネよ」

そう言ってネロが悠真に手渡したのは、見慣れた銀貨が八枚。

そして――

「金貨か……」

今までギルドの報酬では貰ったことのない、一枚千マネ相当の金貨が五枚。

もちろんシャルナに頼まれて買い物に行く時に金貨自体は手にしたことがある。

だが、一度に金貨相当の額を稼いだことがないので、妙な感慨が生まれる。

手にした五枚の金貨。この思いもよらぬ収入をいかに使おうかと脳内で考える。

書物庫に行ってみようかという考えが一瞬脳裏をよぎるが、今行ってもろくに文字が読めないので金を無駄に使うだけだろうと思い留まる。

結局使い道は決まらず、ひとまず貯めておくことで脳内会議を終了する。

またマファールが採れればいいなぁと今日のような幸運に期待し、悠真は手にした貨幣を懐にしまった。

† † †

——礼拝堂。そこでシャルナは一心に祈りを捧げていた。

シャルナは明日、予定通り遠征治療に向かうことになっている。

ファウヌス近くの村々を、午前中の内に二つ、午後の内に三つ回る。その日診る患者数は実に三桁に迫る。

それほどの数を一日で診るのはやはり相当に体力を使うため、前日——つまり今日、シャルナは教会での治療を休み、気力を養うため、そして精神を落ち着かせるために神へと祈りを捧げていた。

傍から見れば、ただ両手の指を絡めて膝をつき、目を瞑っているだけの行為に見える。

だが、実は見かけほど楽ではない。彼女にとってこの祈りを捧げる時間は、スポーツ選手でいうところの試合前のウォーミングアップのようなものだった。

事実シャルナは額に薄らと汗を滲ませていた。

何せこの体勢を既に一時間ぶっ続けでやっているのだ。常人には到底真似できない行いだった。

「――主に感謝を」

一時間ほど前に祈りの言葉を紡いでから一切口を開かなかったシャルナが、不意にそう呟く。

と同時に閉じていた目を開けて立ち上がった。

十分に祈りを捧げ、精神を落ち着かせることができたらしい。満足げな表情を浮かべて彼女は礼拝堂を後にする。

そもそもこの遠征治療は、シャルナが自ら教会に提案したことがきっかけで始まったものだ。

魔物に襲われるかもしれないのが怖くてファウヌスになかなか来られない――ある日ファウヌス近くの村からきた患者が治療している際にそう口にした。

シャルナはその言葉を聞くまで、近くの村なら自分の足でファウヌスまで来てくれるだろうと思っていたが、それが勘違いであったことを知り、自分の浅はかさを嘆いた。

更に聞けば、村には他にも何十人もの人が自分の助けを必要としているらしい。

これを聞いて、シャルナは決めた。街にくるのが困難な人のために、自分から手を差し伸べようと。

無論、当初教会はシャルナのその提案を良しとしなかった。

当然だ。シャルナが傷つく危険が伴う。彼女の癒やしの力も、彼女自身の聖職者としての在り方も教会にとってなくてはならないものだ。

が、教会がいくらその提案を拒もうともシャルナは引き下がらなかった。

挙げ句、シャルナはこっそり一人で村に行こうとしたのだ。

その時は偶然にもシスターが見つけたため大事にはならなかったが、この出来事を受け、教会は護衛を付けることを条件に渋々シャルナの提案を受け入れた。

教会も理解したのだろう。シャルナが決して引き下がらないことを。

彼女は傷ついた人を、助けを求める人を見捨てることができない。それをしてしまった刹那、彼女は彼女自身が最も忌み嫌う存在になり果ててしまうのだから。

ともあれ、そういった経緯で定期的に遠征治療が行われることとなったのだ。

† † †

「とうとう明日か」

「はい。早く行きたいです」

教会の庭でシャルナを見かけた悠真は彼女に声を掛け、そしてそのまま隅にあるベンチに横並びで腰掛けた。

二人の話題は当然明日の遠征治療だ。

もう既に陽は沈んでいる。そして、次に陽が昇る前にシャルナはファウヌスを発《た》つ。

危険な目に遭うかもしれないというのにまったく恐れることなく、むしろ早く行きたいなどというシャルナの在り方が悠真には眩《まぶ》しく、思わず苦笑した。

もし自分が彼女と同じ立場にあったなら……

「……シャルナは、すごいよな」

「？」

脈絡のない唐突な悠真の称賛にシャルナは困惑する。

悠真は自嘲し、顔を伏せながら手を組む。

「俺だったら、他人のために自分の命を危険に晒すなんて絶対にできない……」

組んだ指に力が入るのがわかる。

改めて自覚してしまう。自分はなんて自分本位な人間なのだろうと。

シャルナという存在に助けられ、そして今なお縋っているのだ。

思いつめたように黙りこくる悠真に、シャルナはどう返していいか困ったように顔を顰める。

「――っと、ごめん、急に変なことを……」

夜風が体を撫で、それでようやく悠真はシャルナを困らせていることに気付き頭を下げる。

彼のその行動にシャルナは頭を振った。

「いえ、かまいません」

彼女は優しくそう言ってくれたが、内心まだ困惑しているのが見て取れた。

悠真自身、自分がどうしてこんなことを言ってしまったのかわからない。

ただ、悠真はシャルナと接しながら、他人に頼ってばかりで、命の危機に怯え、毎日薬草採取ばかりを行う自分と彼女とを知らず比べていた。

他人を救い、そしてそのことで生じる危険を一切厭《いと》わないシャルナの生き方。

だから……そう。悠真はきっと、そんなシャルナの生き方に憧れているのだ。

(俺は自分を大切に、自分が生き抜くことを第一に思っている。それでいいはずなのに……)

胸の内でくすぶる感情。理想と現実の矛盾の狭間で、悠真の心は揺れ動く。

信念を持って生きていても、やはり人間は綺麗なものに惹かれ、憧れてしまう。

その存在が間近にいればなおさらだった。

神妙な面持ちの悠真を見て、シャルナは眉を寄せながら口を開いた。

「私が他の人の力になろうとするのは、自分のためですよ。私なんかよりも、ユーマさんの方がよほど優しくて、すごいです」

「そんなことは――」

否定しようと顔を上げた悠真。その瞬間にシャルナは立ち上がり、悠真に背中を向けて歩み出す。

そして数歩歩いてから足を止めた。

「……あなたは良い人です。きっと、他人を救おうとする」

悠真には決して聞こえない声量で呟き、そしてまた歩き出した。

夜闇に消えていく彼女の背中を、悠真はベンチに腰掛けたまま呆然と見つめる。

彼女の無事を願うことしか、今の悠真にはできなかった。

翌日、シャルナはファウヌスを発った。

第八章　臆病者の決断

「くぅあぁ～～～～っ」

まだ朝日が昇る前に、シャルナはファウヌスを発った。見送りをするために寝ずに過ごした悠真はシャルナが出発した後にひとまず眠りについた。

そして昼前、ようやく目を覚ました。

ベッドの上で体を伸ばし、ほぐしていく。

窓から射し込む陽の光に目を細めながら、悠真は身支度を整えて部屋を出た。

教会に勤めているシスターたちの食事時間はそれぞれなので、基本的に作り置きされているものを各々のタイミングで取り分け、食堂で食べるというのがここでのやり方だ。

もっぱらシャルナと一緒に食事をしていた悠真にとって、久しぶりに一人きりの食事だ。

「いただきます……」

皿に盛った食事を前に、悠真は手を合わせる。

(……静かだな)

悠真以外誰もいない、静寂に包まれた食堂。

そのことに寂しさを抱きながらも、悠真はシャルナが今日ファウヌスを発つ前に言っていたことを思い出す。


「事前に聞いた話ですと、ネレース村の治療が必要な方の数がかなり多いそうなので恐らく二日ほどはここを空けることになると思います」

「あれ？　その日に帰ってくるわけじゃないのか」

「はい。患者数の多いネレース村での治療を一日かけて集中して行おうと思いまして、そこを二日目に回したのです。いつもは一日あれば十分に回れるのですが……」


「…………」

一言二言の会話を思い返しながら、悠真は無言で食事を流し込んでいく。

教会を二日空けるということは、帰って来た時その二日分の患者の治療もしなければならない。

多くの人を癒やす旅から帰ってきてもなお待っている患者。しかし、彼ら彼女らを癒やし治していくことこそがシャルナの日常だ。そのことに対して何か思う資格など悠真にはない。

彼女は、彼女の意思で今の生活をしているのだから。

「なら俺も、俺の日常を取り戻さないとな」

この世界にきてから既に二ヶ月。もうすぐ三ヶ月が経とうとしている。

ここにいる間、向こうでどのように時間が流れているのかはわからない。自分がいないことがどのように扱われているのかも。

ただ恐らく言えるのは、こちらで過ごす分だけ向こうでの時間が失われていくということだ。

学生としての悠真の時間。日本で歩むはずだった普通の時間が。

一体戻れるまでにどれぐらいかかるだろう。

半年後？　一年後？　もしくは、それ以上？

考えれば考えるほど、焦りと不安ばかりが膨らんでいく。

（……やっぱり、一人になるとダメだな。いろいろなことを考えてしまう）

いやに早まる胸の鼓動を感じながら、悠真は残りの食事を強引にかき込んだ。

† † †

例のごとく今日もまた草原に出て薬草を採取するわけだが、今日はいつもとは違い懐にしまってある依頼書の数が一枚増えていた。

昨日の反省を活かして、ネロチンソウのみならずマファールの依頼も受けてきたのだ。

とはいえ、悠真とてそう幸運が続くとは思っていない。この間のはただの偶然で、二度目はないだろう。

「――って、思ってたんだけどなぁ……」

ネロチンソウを探して三十分。近くにマファールが群生しているのを見つけた。

（いくらなんでもマファールが連日、しかも今回は群生しているなんておかしくないか？）

近付いてよく見る。続く幸運に思わず自分の目を疑った。目を擦ってみるが、その特徴はやはりマファールで間違いない。

「ラッキー……」

ボソリと呟いた言葉とは裏腹に、悠真の胸中には言い知れぬ不安があった。

ただその不安を、幸運が続いた驚きに紛らせて片付ける。

全部で五本のマファールを採取し終える。これで一本につき八千マネの報酬を得ることになる。

「五本ってことは、全部で四万マネか！」

単純に四万円。これだけでおよそ四、五日分の宿代と食事代を得ることができる。

加えて今のところ採取したネロチンソウは八本。つまりは四百マネ。

マファールの後に換算すると少なく感じるが、それでも一、二食分程度にはなる。

「もう少しだけ粘ってみるかな」

まだ薬草採取を始めてそれほど時間は経っていない。

マファールを採取したので十分すぎる収穫にはなったが、さすがにこの時間で終えたら今日の残りを持て余してしまう。

「っし！」

マファールを丁寧に懐にしまい、悠真は再び草むらをかき分け始めた。

† † †

「またマファールを……!?」

陽が沈むよりもかなり早めに街に戻った悠真は、ネロに今日採取した薬草を提出する。

森に入らなければほとんど手に入れることのできないマファールを五本も携えてきた悠真に、ネロは先日と同じく疑惑の眼差しを向けた。

「え、いや、だから本当に森には入っていないですから！」

その視線の意図するところを察した悠真は、先に弁明する。

だが、悠真の人となりをこの数ヶ月である程度理解しているネロはもとより疑ってはいなかったらしく、ふっと表情を和らげて手続きを始めた。

「これが、ネロチンソウ九本とマファール五本の報酬、四万四百五十マネよ」

先日自分の稼いだ金で初めて手にした金貨。更にその上、白金貨四枚を受け取る。

金貨よりも一回り大きい、一番価値の高い貨幣。

大金を手にした悠真は思わず頬を緩めた。

「それにしても、マファールがこれほど草原に群生しているなんてね……」

「何かの予兆、とかですかね」

浮かれ気分の悠真は喜色に満ちた声で、ネロの呟きにそんな言葉を返した。

その言葉を受け、ネロは何かを考えながら俯く。

「マファールは魔物の放つ魔素を吸収することで発生する……、っ、まさか！」

何かに思い当たり、目を見開くネロ。すぐさま彼女は悠真を置いて奥へと下がっていった。

ネロの焦りようを見て悠真は訝しみながらも、ギルド会館での用は終えたので教会へ戻ることにする。

薬草採取以外にも、いろいろとやらなければならないことがあった。

文字の勉強であったり、もしもの時のための剣の鍛錬であったり。

明日もマファールが生えていれば、今後も討伐を行わずして、安定した生活を送ることができる。

そんな理想的な展開を、悠真は懐にしまった白金貨を手で弄びながら思い描いていた。

† † †

「ユーマ、今日も随分と遅いのね」

翌日。前日に続き、昼を少し回ったところでようやく顔を出した悠真に、ネロは不思議そうに声を掛けてきた。

ここ二ヶ月。初めは業務的なこと以外は何も話さなかったネロだったが、次第にこういった雑談を交えてくるようになってきた。

昨日同じことを聞かれた時は、さっき起きたばかりだったからと答えたが、今日は違う。

「今日は朝から教会の大掃除があったので、その手伝いを。昨日と違って寝坊はしていませんよ」

悠真の返事にネロは「なるほどね」と呟き、それから小さく笑った。

一時の会話を終えると、悠真は依頼書が貼られている壁へと向かう。

といっても、他の冒険者と違って、依頼の種類に迷うことはない。

今日も変わらずネロチンソウと、そしてマファールの採取依頼だ。

周囲の冒険者が依頼書と睨めっこする横で、悠真は悩むことなく目当ての依頼書に手を伸ばす。

そんな時だった。

「緊急！　緊急！　緊急依頼!!」

カランカランというベルの音と共に、ギルドの奥から男性職員の張り詰めた声が響き、昼の穏やかなギルド会館の空気を切り裂く。

別の職員が羊皮紙の束をデスクの上に置いた。

既にその光景を見たことがある悠真は、それが緊急依頼の依頼書であることがわかった。

そして待っていましたと言わんばかりに、ギルド会館で待機していた冒険者たちが沸き立つ。

「ファウヌス西部にてゴブリンの群れ、三十五体を確認。現在ゴブリンの群れはアウラ村に侵攻中。報酬は一体につき一万八千マネ。報酬は一万八千マネ！」

男性職員が続けてそう叫んだ瞬間、冒険者たちは依頼書に伸ばしていた手を引っ込め、一歩後ろに下がる。

「さ、三十五体……!?」

「嘘だろ、一度の出現数じゃ、過去最高じゃねえか！」

「危険度を考慮して報酬は一体につき一万八千マネか。二十人ぐらいで行くならうまい仕事だが……」

ゴブリン三十五体は、過去最高らしい。少なくともこの国では。

一万八千マネ。確かに危険な目に遭う分、報酬は通常時よりも段違いに高い。

だが、時間帯が悪かったのか、今ギルドにいる冒険者の数は見たところ十数名だった。全員が行くと判断したにしても、敵の数に対して少し心もとない。

命あっての物種《ものだね》。いくら報酬が高かろうとも、死んでしまっては意味がない。周囲の冒険者はそう考える悠真をかつて臆病者だと罵《のの》しったが、皮肉なことに今まさに皆がその思いを胸に抱いていた。

どうすれば安全にこのうまい仕事を受けることができるか。そんな思索に耽《ふけ》る冒険者たち。

ギルドのドアが開かれたのは、そんな時だった。

「――僕が行こう」

外から入り込む光を反射し、煌びやかに輝くサラサラとした銀髪が、僅かな風を受けて流れるように靡《なび》く。

強い意志を宿して凛々《りり》しく揺れる紫紺《しこん》の瞳。美しく白い肌と、しなやかな体躯。

そしてその女性らしい体つきに似つかわしくない長剣が腰に差されている。

華美な装飾があるわけではないその長剣は、しかし他の冒険者たちが手にしているものとは一線を画す雰囲気を感じさせた。

「お、おい！　剣聖だぞ！」

「綺麗……」

「かっけぇ……」

彼女の姿を見た冒険者たちが口々に彼女の容姿と溢れ出る雰囲気に賛辞を漏らす。

そう、彼女こそがこの国に一人しかいない第一位冒険者。

剣聖――ラーシャ・ナクレティア。

「ラーシャ様！」

ギルド職員はもちろんのこと、冒険者たちまでもが安堵の表情を浮かべる。

そのことからも彼女の力が窺い知れた。

（あの人が、剣聖？）

一方、剣聖を初めて目にした悠真はただただ驚いてた。

この国最強の冒険者。どんな絶望的な状況であれ、その剣一本、その身一つであらゆる脅威を排除してきた英雄。

その功績が讃えられいつしか剣聖という異名がついた生ける伝説。

それが彼女、ラーシャ・ナクレティアだ。

だが実際に目にした彼女の容姿は、悠真の想像とはかけ離れていた。

「三十五体で間違いないんだね？」

「は、はい、そうです！　ファウヌス西部にあるアウラ村になります！」

「アウラ村か。――そうか、犠牲が出るまえに早く行かないとね」

彼女には自分で倒しきれるか、生き延びられるかなどという疑問は一切湧いていないらしい。それよりもアウラ村の村民たちの安否だけが気がかりのようだった。

「そうだね、一時間もかからずに終わらせるよ」

緊急依頼の依頼書を受け取り、懐にしまいながらラーシャはギルド会館を出て行こうとする。

その時、誰かがポツリと「剣聖が行くなら俺も行こうかな……」と呟いた。

剣聖がその場にいてくれるのならば、安全に金を稼ぐチャンスだとその冒険者は考えたのだろう。

その呟きが耳に入ったのか、ラーシャはドアに手を伸ばしながら立ち止まり、振り返る。

「……あぁ、僕の後ろをついてくるのはかまわないけど、僕は戦っている時は敵しか見ない性分でね。後ろで誰かが死にそうになっても助けられる保証はないよ」

剣聖は端麗な顔に笑みを浮かべる。

悠真は彼女のその笑みに、侮蔑《ぶべつ》のようなものが込められているのに気付いた。

ラーシャはただそれだけを言い残し、今度こそギルド会館を出ていく。

先ほど呟いた冒険者は、彼女の言葉に肩を落としながら緊急依頼の依頼書を束の中に戻していた。

「――――」

その時、ようやく悠真は全身が強張っていたことを自覚した。

剣聖がものすごい威圧を放っていたわけではない。ただ自分とは明らかに別次元にある存在を目にして、気圧されてしまったのだ。

（そういえば、シャルナの向かったネレース村は確か東側だったよな。よかった……）

ゴブリンたちがもし東側に出現していたら。

その可能性が脳裏をよぎり、そうならないでよかったと悠真は心から安堵した。

他の冒険者たちは緊急依頼が発表される前と同じように再び壁に貼られている依頼書とにらみ合う。

剣聖が向かったのだ。自分たちが行く必要はないし、むしろ邪魔になるかもしれない。

悠真も再度薬草採取の依頼書を取ろうと腕を伸ばしたところで、再び事態が動いた。

バンッ！　と、ラーシャが出ていったばかりのギルド会館のドアが、乱暴に開けられる。

そこには、普段ならば滅多に顔を出さない、ファウヌス周辺の監視を行っている職員がいた。

もしファウヌス周辺に異常を見つけてもギルド会館の裏口に回って事態を報告、それを受けて緊急依頼を作成するのが通例だが――

「た、大変だ！　ファウヌス東にある森から、ゴブリンが、ァ、ハァッ！」

よほど急いで走って来たのか、息を切らしていて最後の方の言葉が聞き取れない。

だが、悠真は彼の言葉から辛うじて聞こえた言葉の断片を繋ぎ合わせ、それから最悪の仮定へと至る。

ファウヌス東の森。ゴブリン。それらが示すのは――

少しの間を置いて、息を整えた男性が言い直す。

「ファウヌス東にある森からゴブリンの大群が出現。その数――六十超！」

瞬間、静まり返る。

六十超……？

剣聖が向かった現場のおよそ……倍の敵。

「無理だ……」

静寂に包まれていたギルド会館内が、その一言を口火にざわめき出す。

「冗談だろ！　六十⁉」

「剣聖様もすぐにはこれねぇ！　このままだとファウヌスが……！」

ファウヌスが――アッテム地方最大の街が落ちる。ゴブリンの手によって。

冷静に考えれば、幾ら敵の数が多いとはいえ、地方最大の街たるここファウヌスが落ちることなどそうあることではない。万が一の時には領主自らの軍隊が動くのだから、彼らと一丸となって戦えばいい。

だが、言い知れぬ不安と恐怖が冒険者たちを支配し、冷静さを失わせている。

しかし、男性職員の発した次の言葉で、その緊張がやや緩んだ。

「なお、ゴブリンたちはファウヌスとは真逆に位置するネレース村に侵攻中。恐らく、その村を落としてからここに攻めて来るものと推測されます」

「どれぐらいかかる？」

「ネレース村を落としてからファウヌスに到達するとなると、一、二時間ほどはかかるかと……」

誰かの問いに職員は答える。
一、二時間。それだけあれば剣聖がこの場に戻ってくることができるだろう。
「よかった……」

隠すことなく、冒険者たちは安堵の声を漏らす。

彼らからすればファウヌスさえ落ちなければ今後の生活に支障はない。

もしネレース村が滅びてしまったとしたら、それ自体は悲しく、そして悔しいものだ。だが、自分の命を懸けてまで他人を救いに行けるかと問われれば、否と返すしかない。

ネレース村は、その存在をもってこの街を救うことになる。

冒険者たちがそんなことを考えている中で、悠真は表情を険しくし、拳に力を籠めていた。

（ネレース村にゴブリンが六十体……？　冗談はやめろよ、あそこには――）

「待ってください！　今ネレース村には、聖女様がいらっしゃいます!!」

悠真がその事実を叫ぶよりも先に、偶然治癒薬を売りに来ていた教会のシスターがそう声を上げた。

「今日は遠征治療の真っ最中で、シャルナ様はまだ……っ」

「聖女が!?」

嘘だろ……と、冒険者たちは再び動揺し出す。

彼らとて無論シャルナの力を理解している。実際に何度も彼女にその傷を癒され、命を救ってもらったのだから。

彼女を失えば、救われずに命を落としていく冒険者が今までとは比較にならないほど増えていくだろう。それほどまでに彼女の力は貴重だ。

少しして、先ほどと同様に緊急依頼が手配された。

「ファウヌス東に現れたゴブリンの群れ。六十体超。報酬は一体につき二万マネ!!」

二万マネ。二万マネも支払われる。莫大な報酬だ。

悠真は今にも依頼書を持って飛び出したい衝動に駆られたが、冷静になれと自分を抑えつけていた。自分一人で動いたところ何になる？　それよりもここにいる冒険者たちと力を合わせて動くべきだ、と。

悠真の中では、彼らが当然動くだろうと思い込んでいた節がある。利害云々の前に、皆が悠真と同じようにシャルナに救われているはずだ。そんな聖女が危機に瀕しているのだから、助けにいかないわけがない。

だからこそ悠真も落ち着きを取り戻し、まずは冷静になって状況を見守った。

今ギルド会館には、十五名以上の冒険者がいる。彼らが全員依頼を受けさえすれば、倒しきれないまでもネレース村への侵攻を遅らせることはできるはずだ。

そうしたら剣聖も増援に来てくれる――と、そう悠真は考えていた。

なのに――

「たくっ、だから俺は前から反対だったんだ。遠征治療なんてすべきじゃないってよ」

「そうだ。ろくに戦えない後方支援要員がファウヌスから出てわざわざ危険な目に遭うなんて、一体何やってんだか」

「助けてもらったからって、自分の命を危険に晒せるわけがねぇ」

そんな小言を漏らしながら、誰一人として依頼書を手に取らない。

「――ッ」

その光景を見て、悠真は激しい怒りに駆られ、唇を噛んだ。力いっぱい握りしめているせいで爪が食い込み、手から血が滴り落ちる。

（シャルナは、こんな小言を言われていいようなやつじゃない！）

顔を険しくし、必死で怒りを抑えつけようとしている悠真をネロは悲しげに見つめる。

彼女は知っているのだ。悠真がシャルナと親しくしていることを。

「…………何が臆病者だ」

「あぁっ？」

ポツリと呟かれた悠真の呟きに、周囲にいた冒険者たちが反応する。

悠真は顔を上げ、真っ直ぐ冒険者たちを睨みつけた。

「何が臆病者だ！　何がギルドに入ったからには命を懸ける覚悟ぐらいあるだろだ！　お前らの方こそ覚悟なんて微塵《みじん》もない、自分のこなせる依頼しか受けない保身的な臆病者だろうが!!」

今まで口にしたこともないほどの怒気に満ちた声で悠真は吼《ほ》える。

それを聞いた周りの冒険者たちが「なんだと？」と青筋を立て、悠真に組みつこうとする。

だが悠真は彼らを相手にせず、ネロに向き直る。

「緊急依頼は、職員の許可がいらないんだったよな……」

悠真のその言葉を聞いて、ネロが「まさか」と目を見開く。

「もういい。あんたらには任せない。誰も行かないって言うなら、俺一人で行く……!!」

「ま、待ちなさいッ！」

ネロの制止の声を無視して悠真は緊急依頼書を一枚ひったくると、そのまま乱暴にドアを突き破って飛び出し、ファウヌスの外へと走り出した。

† † †

「ハァッ、ッ、ハァッ……」

ファウヌスの東門から街を出た悠真は、息を荒らげて一心不乱に走る。ひたすらに走る。

草原の至るところにある僅かな窪みに足をとられそうになりながらも、真っ直ぐとその先を見つめる。

自らを突き動かす衝動とは反対に、頭は冷静だった。

「くそっ！」

悪態を吐く。それはあの冒険者たちにではない。自分自身にだ。

「くそっ！　くそぉ！　くっそぉぉおお!!」

両手に力を籠めながら、悠真は苛立たしげに吐き捨てる。

(なんで、なんで俺はこんなことをしてるんだよ！　あの冒険者たちが正しい！　あの冒険者たちの行動は、その考えは、俺がずっとこの世界に来てから抱き続けてきたものだろ！　大体、同時に三、四体を相手にしただけで死にかけた俺が、一人で行ったところでどうにかできるわけがないだろう！　敵は六十体だぞ！）

まったく自分らしくない。

このまま行っても無駄死にするだけだ。力も持たない自分が行ったところで、誰も救えない。この行動にはなんの意味もない。

（こんなの、死にに行くようなものだ。違うだろ。俺は……俺は、リスクの低い依頼で金を貯めてこの世界で生き抜き、そしてゆくゆくは元の世界に——家族の元に帰る。それだけを目標にして、それだけを信条にして、それだけを希望にして、命を大切にすると心に決めて数ヶ月もこの世界で生きてきただろう！）

停まれ、停まれ、停まれ、停まれ!!

行く意味なんてない。行く必要なんてない。

「——！」

薄らと向かう先に、ゴブリンの大群の影が見えてきた。

今ならまだ引き返せる。命を大切にしろ。あの中に突っ込むのは無謀だ。

ギルドにいた遥かに熟練の冒険者たちですら、恐れをなしていたじゃないか。

それなのに自分みたいな新米が、たった一人で——

だが、ギリッ……と歯ぎしりし、そんな打算的な思考を、保身的な思考を放棄する。

自分の命を危険に晒しても、どれだけ無謀なことでも、それでも自分はシャルナを見捨てることなどできない。

脳裏に浮かんでくるのは優しげに微笑んでくれた彼女の姿。命を救ってくれた彼女の姿。会ったばかりの自分を受け入れてくれた彼女の姿。他人の命を救うためには自らの危険など厭わない彼女の姿。その在り方。

（あぁ、そうか。俺はいつの間にか……）

この世界に来てからずっと間近で見てきたシャルナを思い浮かべているうちに、悠真は口角を上げた。

（まったく、俺がこんなバカなことをするのは――全部シャルナのせいだ）

彼女がいたから、彼女のせいで。

（生きて帰ったら、恨み言の一つや二つ、並べてやろう）

そう考えながら、悠真は自嘲する。

今こうして死地に赴いているのは、自分のせいではない。

だから仕方ない。そう、仕方がないのだ。

ゴブリンの群れとの距離も、ほとんどなくなってきた。

後方のゴブリンが悠真に気付き、足を止めて振り返る。

「――ッ」

背中に背負っているロングソードの柄を手で掴んだ。

ひんやりとした感覚が伝わってくる。

ごくりと唾を呑み込んで、息を吐き出しながら一気に刀身を引き抜く。

「うぉぉおおお！！！！」

腹の底から雄叫びを上げる。悠真はそのまま、ゴブリンの群れへと突っ込んだ。

第九章　大馬鹿者の末路

「我が主よ。魂を欠きし者に、人の身には赦されざる譲渡を――」

ネレース村。

昼の休憩を終えたシャルナは、再び村民たちの治療にあたっていた。

「ありがとうねぇ……」

顔の皺をくしゃくしゃにして、今しがたシャルナの加護《奇跡《ミラス》》を受けた老婆が頭を下げる。

シャルナも柔らかく微笑み返した。

「次の方、どうぞ」

休憩を挟んだおかげか気力をなんとか持ち直す。

残りの患者はあと六人ほどか。これならば十分に治療することができる。

シャルナはそのことに安堵しながら、今度は足を引きずって来た男の子に手を添える。

――と、その時。

「た、大変だッ！」

村の外まで出ていた一人の男性が、息を荒らげながらシャルナの元に飛び込んできた。

「どうされたのですか？」

その様子からただならぬものを感じ、シャルナは思わず聞いた。

返答は、彼女の予想だにしないものだった。

「ゴ、ゴブリンが、何十体ものゴブリンが、この村に……！」

「!?」

シャルナと、そして二人の会話を聞いていた村民たちに動揺が走る。

「――ッ」

男の子にごめんねと囁き、頭を撫でながらシャルナは立ち上がった。

混乱する村の中で、シャルナは胸の前で両手を合わせ自らの魂を呼び起こす――

「我が主よ。与えられし魂を、器を守る盾とすることをお許しください――」

シャルナがそう呟くとともに、彼女の内側から光が溢れ出る。

数秒後には、村全体がその光に覆われていた。

「これでもし魔物たちがこの村に来ても、少しの間なら皆さんをお守りすることができます。時間さえ稼げれば、きっとファウヌスから救援が……！」

シャルナの加護による、外敵から身を護る結界。その発動と維持の負荷で、シャルナは苦悶の表情を浮かべながら村人たちを元気づける。

だが、彼女の言葉に村人たちは俯く。

「無理だ……」

「え？」

「来るはずがないんだ、この村に。と、とてつもない数だ。あの大群を前に、わざわざ冒険者が来てくれるとは思えねえ。……ファウヌスは守っても、こんな小さな村までは守ってくれねえ……」

村人はそう、力なく吐き捨てる。

と同時に彼らは、家々にある剣を、槍を、あるいは鍬《くわ》を、およそ武器になりそうなものを持ち出しはじめる。そして、女子供、老人たちを家の中へ隠れさせた。

「何かあった時は、俺たちが戦うしかないんだっ」

「そ、そんな……」

この村でゴブリンと戦える男はせいぜい二十人いるかどうか。

何かあった時のために多少は鍛えているが、それで済む数の相手ではないのだ。

「――ッ」

シャルナはその美麗な表情を歪めながら、結界を維持することだけに集中する。

誰かが助けに来てくれるはずだと。人が人を見捨てることなどないはずだと、そう信じて。

† † †

「でやぁぁああぁあっ!!」

全力で駆け抜けた勢いのまま、躊躇《ちゅうちょ》もなく悠真はロングソードをゴブリンに向けて振り下ろす。

その鋭い一閃は大群の後方に位置するゴブリンの一体を切り裂いた。

あまりにもあっけなく、群れの最後尾にいたゴブリンが一刀両断される。

「――っ、んのぉっ！」

同胞が殺されたのを見て、周囲のゴブリンが悠真に向けて殺意を露わにする。

殺気を感じた瞬間に悠真は体を捻って敵の斬撃を躱し、そいつに向かってロングソードを突き出した。

「グギャピ……ッ！」

なんとも間抜けな声を残して二体目のゴブリンが絶命する。

一瞬で二体。自分でも驚くぐらいに容易く屠れた。

だがとても安堵はできない。敵の数はまだ六十体はいるのだから。

「今の三十倍の敵をすべて切り捨てる、か。――ったく、どうして俺がこんなことをしているんだか」

震える声で悠真は呟く。怖い。ただひたすらに。

この世界に来て二度も死線を越えたことがある。だがこの恐怖は何度体験しても慣れない。いや、むしろ慣れてしまっては終わりだとも思う。

全身を支配する恐怖。これだけが今の悠真にとって頼りにすべき感覚であり、そしてこの感覚を抱き続ける限り、自分はまだ生きているのだと、そう実感できる。

息を荒らげながら、しかしそれを整える間もなく全身の力を絞り出す。

今の悠真は、地球にいた頃を遥かに上回る身体能力を発揮していた。

それもそのはずだ。何故なら……

(命が懸かっているんだ。文字通り、全力で体が動くに決まっている……！)

だから止まらない。今の悠真にできることは、後先考えず、ただ目の前の敵に、脅威に立ち向かうことだけだった。

「ふっ……」

荒々しく息を吐き捨てる。見据えるは、無数の敵。

自分が英雄になどなれないことも、特別な何かでないこともわかっている。

それでも彼女を救うためならば抗うしかない。この災厄《さいやく》に。

「――がっ、んのッ!!」

突然背中に衝撃が走り、肺の空気が口から乱暴に吐き出される。その痛みを感じるよりも先に体は動いた。右足を前に出し、踏ん張りながら振り返る。

衝撃の走った箇所から敵の場所を推測し、そこへロングソードを一振り。推測通り、鉄の塊は肉を裂き、抉り、命を奪う。かくして、三体目のゴブリンも両断された。

(ゴブリンはナイフ以外の武器も持つのか……)

今しがた倒したゴブリンが手に持っていた武器——棍棒《こんぼう》を見て、悠真は目を細める。

これまで遭遇してきたゴブリンは刃物を持っていたからてっきり皆そうだと思い込んでいた。だがこれは好都合だ。棍棒ならば血を流すことはない。戦える。

そして、と悠真は思う。

この一連の攻防で確信した。以前遭遇したゴブリンであれば、今までの自分の攻撃など軽く躱しただろう。だが実際はどうだ。いとも容易くその命を刈り取れた。

(集団で行動している分、個々の練度は低いのか……?)

ならばやれる。一体ずつやり合うように立ち回ればいい。

同じことを六十回ほど繰り返すだけでいいのだ。

「あぁ、やってやるよっ!」

できると言い聞かせるように、内に抱く恐怖をかき消すように、悠真は不敵な笑みを浮かべながら敵に向かって叫んだ。

† † †

ネレース村を覆う光の壁。悪しきものを寄せ付けないどこか神々しい結界を展開するのは人々に聖女と謳われしシャルナだ。

額の汗は時間を追うごとに増していき、息遣いも荒くなっていく。

教会が雇った護衛の冒険者たちは彼女の脇に立ち、両手に武器を握っている。そしてその周辺には殺気立った村人たちが冒険者同様に武器を手にしていた。

「……っぅ」

ちょうど今、村にゴブリンが到達したらしい。

ネレース村への侵攻を阻む結界への攻撃が始まる。遠目から、光の壁が波打つ様子が見えた。

どうやらそこにゴブリンの一群がいるらしい。

ゴブリンの攻撃を受けるたびに結界が振動し、シャルナは苦悶の表情を浮かべながら自身の内に宿りしものを引き出す。

「聖女様……」

今回の遠征治療に同行した護衛の冒険者は三人。その中の一人が不安げな声色でシャルナに縋るように声を掛けた。

「大丈夫、です。まだ数分は持ちます……」

何が大丈夫なものか。冒険者はシャルナの返事を聞いて内心そう毒づいた。

結界の維持があと数分しか持たないということは、その後ゴブリンの大群がこの村になだれ込んでくるということだ。

もっとも、その数分が数十分になろうとも状況は絶望的だろう。

本来であれば村を早々に見捨ててファウヌスに逃げるのが定石だ。周辺の村もこの村同様に守りが薄いのだから、ファウヌス以外に逃げる場所はない。

だが、ゴブリンたちはファウヌスのある方向からこちらへ来た。あのゴブリンの大群を抜けてファウヌスに逃げるのは不可能だ。もはやこの場で迎え撃つ以外に手はない。

しかし、三人の冒険者で一度に相手にできるのはせいぜい十体かそこら。六十体もの敵を前にどうこうできるはずがない。そして同じ冒険者である彼らはわかっていた。ファウヌスにいる冒険者たちが助けに来ることがないことを。

二十人。それだけの助けが来ればなんとかなる。だがファウヌスにいる彼らからすれば村に駆け付けるよりもファウヌスに立てこもり、万全の状態で迎え撃つ方がリスクが低い。三人の冒険者もファウヌスにいればきっとその道を選んだだろう。だから三人はファウヌスの冒険者たちの選択を恨めなかった。

――いつも通り、終わらせるつもりだった。

聖女の護衛任務は危険が少ない割に報酬が多い。故に彼らはこの依頼を受けた。多額の報酬を労せずして受け取るつもりだったのだ。なのに……

「くそっ！」

様々な事実が冒険者を追い詰め、堪らず声を荒らげる。

シャルナはそれを耳に入れながら、しかし何も聞かなかったように受け流した。

持ってあと数分。この加護が消えた時なだれ込んでくるゴブリンの群れ。その後の光景を想像するのはそう難しいものではない。

もうこの場にいる者のほとんどが生き延びることを諦めた。ただ家族が、大切な者たちが、一人でも生き延びられたなら——

決死の覚悟で村の男たちは結界の向こうを睨んでいた。

女子供、老人は家に隠した。男たちは結界が解かれると同時にゴブリンの群れに突っ込み、家族が逃げる時間を作る腹積もりだろう。そのことを知ったうえで彼らの家族も家に隠れている。

男たちのその覚悟と家族への愛情を美しく尊いものだと思いながら、シャルナはすぐそこまで迫っている残酷な未来に耐え切れず、思わず目を瞑った。

† † †

「……っ、あそこかっ！」

ゴブリンの群れの先、薄らと光の壁が見えた。

その壁の中心に彼女がいることを、悠真は何故か確信していた。

だがその壁が時折、波打つように振動している。

「まさかっ！」

ゴブリンが既に光の壁に到達し、攻撃を始めているのだろう。

残された時間は少ない。光の壁も少しずつ薄くなりはじめている。

あれが消えた瞬間、恐らくネレース村の村人、そしてシャルナの命が危機に晒される。

それだけは防がなければならない。

「このっ、……せやぁ！」

跳びかかって来たゴブリンのナイフをしっかりとロングソードで受け止め、力いっぱい跳ね返す。

そして前方に着地したゴブリン目がけて大きく体を回し、遠心力を活かした一閃を叩き込む。

これで十体目。それだけの敵を悠真は既に屠っていた。残る敵はおよそ五十。

数字だけ見れば六分の一の敵を倒した。十分すぎる戦果だ。

だがいくら相手の練度が低いとはいえ、これまでの攻防を無傷で乗り越えられた訳ではなかった。

頬には裂傷。全身の至るところに傷を負い、肉は抉れ、血が流れている。これまで紙一重で致命傷を躱し続けてきたのだ。

「……っぅ」

ロングソードでゴブリンたちを牽制しながら、左手で腹を押さえる。棍棒での打撃も徐々に効いてきていた。

それでもいまだ悠真の命があるのは、ひとえにゴブリンの第一優先目標が彼ではなくネレース村にあるからだろう。

悠真に向かってくるのは後方のごく少数のみ。

故に各個撃破することができていた。

だが――それでは明らかに遅い。

そんなことでは、悠真が辿り着くころには村は壊滅してしまう。村人も、そしてシャルナも。

見知らぬこの世界で自分を温かく包み込んでくれた彼女を、このまま見殺しにできるわけがない。

ゴクリと、何度目になるかわからない唾を呑みこんだ。喉の渇きは癒えない。

悠真にはこの状況を打開する策がひとつあった。だが、それは悠真の命を賭した策だ。

それをすることでどれだけ生存率が下がることか。

筋金入りの大馬鹿者だと悠真は内心自嘲する。

だがこの時ばかりは、大馬鹿者で良かったと心底思った。

悠真は決意し、そして動く。彼女を救うために――

† † †

ゴブリンの群れの先頭。光の壁に到達したゴブリンたちはひたすら叩き、殴り、蹴り、結界の破壊に努めていた。

ただ本能のままに。

とある悪しき邪神が定めた、人間を滅ぼせという本能のままに。

――と、そこで壁を殴っていた一体の動きが止まり、後ろを振り返る。

それに続くように、周囲のゴブリンたちも手を止めて振り返った。

先ほどから後方で味方が戦っていることは知っている。だが所詮敵は一人。皆で揃って相手をする必要などないと判断していたが、存外に苦戦しているらしい。

増援に行くべきか判断するために後ろを確認したゴブリンたちは、その先で信じられないものを目にした。

† † †

以前のゴブリン戦を踏まえ、悠真はゴブリンが意外なほど仲間思いであることを理解していた。

仲間がやられれば奮起し、反撃してくるだけの知性を備えている。つまりそこが狙い目だった。

悠真は大きく息を吸い込み、吐き出してからその場に屈み込む。そして――地面に転がるゴブリンの死体を掴み、そのままこの場にいるすべてに見えるように高々と突き上げた。

その行動の意味を理解できないでいるゴブリンたちをよそに、悠真はロングソードを短く持つと、躊躇なく死体の胸部にその刃を突き刺した。

体液が噴き出し、悠真の体に飛び散る。ひどい臭いだ。だが、それにかまうことなく更にもう一突き。今度は腹部に。何度も、刺す。何度も、何度も、何度も――

そうしてズタボロになったゴブリンの死体を全力で地面に叩きつけ、踏みつけながら悠真は大きく息を吸い込み、そして叫んだ。

「おら！　どうした！　仲間がこんな目に遭わされているんだぜ！　この臆病者共が！　さっさと俺を殺してみろ!!」

喉が潰れるのではないかと思うほどに叫ぶ。

すると直後、周囲のゴブリンたちの殺気が膨れ上がるのを肌で感じとった。

ひとまず挑発が成功したことに悠真はぎこちない笑みを浮かべる。

すべてのゴブリンが、悠真に向いた。その光景を見て、悠真は全身を震わせながら、息を呑む。

（かかってこい。俺を殺しに来い。ネレース村に行くのは、俺を殺してからにしろ）

自分を犠牲にして他者を救う。悠真の思いはそんな綺麗なものではなかった。

命からがら戦い抜いたとしてそれでもシャルナを守れなかった未来か、あるいは自分が死んで結末のわからない未来か。その二つの結末を天秤にかけ、後者を選んだだけのこと。

結局のところ、シャルナが死ぬ光景を見るぐらいなら自分が死んだほうが楽だという自分可愛さから生まれた愚かな考え。

だがそのことを恥じはしない。

結果として、ゴブリンの注意が村から逸れた。つまりシャルナが助かる可能性を少しでも高められたということだ。

五十体のゴブリンすべてが、自分を殺そうと襲い掛かる。

自分の行為は間違っていないと信じ、悠真は迫る脅威に立ち向かう――

† † †

「……これは？」

ネレース村の中心で結界の維持に努めていたシャルナは、喪失感と疲労に耐えるために目を瞑っていたが、不意に瞼を細く開け、疑問に満ちた視線を村の外へ向けた。

ゴブリンたちの攻撃が唐突に止んだのだ。

その証拠に光の壁も衝撃を受けていない。

シャルナは額に滲む汗を右手で拭いながら、なぜ今になって攻撃を止めたのかと首を傾げた。

最も考えられる原因の一つは、ゴブリンたちがネレース村の攻撃に集中できなくなった。つまり、外敵が現れたということだ。

もしかしたら外から増援が……？

僅かな希望を見出したシャルナは、一層気を引き締め、結界に集中した。

† † †

「おらぁっ！　……っ、でやぁぁあああ!!」

あらん限りの力を振り絞り、悠真は襲い掛かるゴブリンたちの攻撃を避けて、避けて、避け続ける。そして回避しつつも威嚇攻撃を忘れない。

だが、相手に届かない。五十体すべての注意を自分に向けたものの、悠真はそこからまだ一体も倒せていないのだ。

（個々の練度は劣っても、集団での戦いには慣れているってことか……！）

集団で動くようになって以降、馬鹿の一つ覚えみたいに単独で飛びかかってこなくなった。複数で接近しつつ悠真に隙ができるのを待っているようだ。

息が上がる。喉が焼けるように熱く、潤いを欲している。だが休憩する暇などない。

ゴブリンたちはそんな僅かな時間も与えてはくれない。

前衛にでている者が疲れれば、後ろにいる者と入れ替わる。その繰り返し。

悠真は常に、気力も体力も万全の敵を相手にしているも同然だった。疲労は悠真にばかり蓄積していく。まだ動けているのが奇跡といっても過言ではなかった。だが、人である以上体力には限界がある。

つまりは――この攻防にも終わりが訪れる。

「くっ……」

足に力を籠めて踏ん張り、相手の攻撃を回避しようとした悠真だったが、ガクリと膝が崩れてその場に両手をつく。そして無防備に晒された背中へ、四方からゴブリンが襲い掛かった。

「ギャギャギャギャッ！」

喜色に満ちたゴブリンの雄叫びが耳朶を打つ。

そして直後、悠真は決して屈強ではない自分の背中の四箇所に、異物が侵入してくる不快感を覚えた。

「――かはぁっ」

肺から空気が漏れ、同時に口から吐血する。だが次の瞬間にはゴブリンをキッと睨んで悠真は立ち上がる。

立ち上がり際、追撃を躱しつつ背中にナイフを突き刺したままのゴブリン一体を、ガシッ……っと掴む。その動きに警戒した他の三体が、悠真の背中から離脱した。

だがすぐに新手のゴブリンが飛びかかってくる。突き出されたナイフを悠真は腹立たしげに睨みつけると、手の中でもがくゴブリンを盾にした。

一連の展開に、ゴブリンたちが動揺する。

自分の手で仲間にナイフを突き刺した。悠真の行為によって引き起こされたこととはいえ、助けようとした仲間を傷つけてしまったことに動揺しているらしい。

そしてその数瞬は、死地を潜り抜けてきた悠真にとっては十分な隙だった。

「うおりゃぁっ!!」

手に持つゴブリンを叩きつけるように目の前の一体にぶつける。ぐしゃりと何かが潰れる音と共に、体液が辺りに飛び散った。——これで二体。

決して誇れる戦い方ではないが、勝てば官軍。死ななければいい。

どれだけ泥臭かろうと、惨めだろうとも、生き延びるためならばどんな手段でもとる。ゴブリンたちの血、自分の血、土、泥。それらで汚れながらも悠真は立ち続けた。

「ァ、ハァ、ハァ、ハァ……ッ」

呼吸もままならない。肺が痛い。心臓が酸素を求めてバクバクと激しく鼓動する。

背中が熱い。血がマグマのような熱を持って背中を伝い、地面に落ちていく。

そのすべてを振り払うように悠真は顔を上げる。

そこでハっと表情を険しくした。

これまでネレース村を守るように展開されていた光の壁。

それが綺麗に——消失している。

そのことにゴブリンたちも気付いたのか、悠真に背を向けてネレース村へと進む者が現れ始めた。

悠真の全身から、汗が噴き出る。嫌な汗だ。

恐るべき未来を実現させたくないのならば、瀕死の体に鞭を打って奴らの前に立ちはだかるしかない。

つ——……っと頭部から血が伝い、右目に入って視界を赤く染める。

重い体を動かしながら悠真は内心毒づいた。

無力な自分がたった一人で十数体もの敵を屠ったのだ。もし、もしこの場に他の冒険者が数人でも駆けつけてくれたなら——

「って、ないものねだりしても無駄か」

今更それを求めるのは傲慢に過ぎた。

「結局、最後まで自分の力で抗えってことか……」

幸い下半身の傷は浅い。足腰に力を集中させ思い切り地を蹴り、悠真は駆け出した。

回り込む余裕はない。一直線で走り抜け、ゴブリンとネレース村の間に割り込む。

そしてそのままネレース村へ先行するゴブリン目がけてロングソードを突き出した。

だが、それは躱され、カウンターの一撃が迫りくる。

「こんのっ！　うぉぉおおお！」

身を捻り凶刃を躱すと、その勢いのまま回し蹴りをゴブリンへ叩き込む。

よし！　とガッツポーズをとる余裕などない。

ゴブリンたちの目標はネレース村と悠真。二つの目標が同じ線上に重なったことで、群れはもはや迷うことなく進撃を始めた。

押し寄せるゴブリンの波。既に体力の限界である悠真はその波に抗えず、呑み込まれる。

そして――

「あっ、ぐっっ、のっ！　――――っ!!」

ゴブリンの武器――ナイフと棍棒による攻撃を全身に受け、悠真はとうとう地面に倒れ伏した。

そんな悠真をまるで道端に転がるゴミのように踏みつけながら、ゴブリンたちはネレース村へと侵攻する。

もはやとどめすら刺してこない。放っておいても死ぬと判断したのか、あるいはゴブリンたちにとってはもう相手をする価値すらなくなってしまったのか。

「っ！　――魔物風情が……馬鹿に…………してんじゃねぇ…………」

地に這いつくばりながら辛うじて動く右腕を伸ばし、今しがた自分を踏みつけていったゴブリンの足を掴む。そして近くに落としたロングソードを左手で掴み、ゴブリンに突き刺そうとして――

「ぐぁぁあああぁあッッッ！！！」

獣の如《ごと》き叫び。

右手の甲にナイフが突き刺さっていた。左肩も棍棒で叩かれ、関節が外れた。だらりと左腕は力を失い、ロングソードも握れない。それでも歯を食いしばってゴブリンを睨みつけ、右手に力を籠める。手の中にいるゴブリンを握りつぶそうと。

そんな悠真をいい加減煩《わずら》わしく思ったのか、周囲のゴブリンがとどめを刺しに頭部へとナイフを振り下ろしてきた。

「ぐぅ……」

ゴブリンを手放して右手でそれを受け止める。結果、ナイフが容赦なく右手を貫通した。

だが、もう痛みを感じることすらない。自分が死に近づいているのが何となく理解できた。

赤くぼやける視界。無様にボロボロになって地面に横たわったまま、悠真はネレース村のある方を見る。

(あぁ、くそ……)

もはや指一本ピクリとも動かない。

残すのはもう死のみだ。まもなく、避けようのない最期の一撃が悠真の身を襲うだろう。

そう、思っていたが——

「がぁあああ！　ッ、ぁぁあああがッ!!」

嬲《なぶ》るように、ゴブリンたちは敢えて致命傷を避けて悠真の体を抉りはじめる。

まだ殺してくれないのか。悠真は痛みの中でそんなことを思った。
散々同胞を殺され、死体を弄ばれたことへのお返しか。
楽には殺さないと、そういうことなのだろう。

「――――」

しかし抵抗する力はなく、悠真はそれらを一身に浴び続けた。

（あぁ、くそ……）

薄れゆく意識。命の灯火がゆっくりと消えてゆく言葉にできない喪失感。
ぼやける視界には、ゴブリンがいよいよとどめを刺そうと、自分に向けて刃物を振り下ろす光景が、まるで他人事のように映った。

――もう、無理だ……

自分を殺さんとする凶刃から逃れようと、体に命令を送る。
だが、だめだ。肉体がもう、動かない。
悠真がほんの僅か抵抗する素振りを見せたからか、ゴブリンが刃物を振り下ろすのを止める。

そして——ケタケタケタと、まるで悠真を嘲笑うかのように品のない笑い声を上げた。

(くそっ、くそ、くそぉ、くそがぁ……ッ!)

これまで生きてきた中で抱いたことのないほどの怒りと憎しみが湧きあがり、悠真は心の中で叫ぶ。

その怒りや憎しみは、ゴブリンたちだけに向けられているものではない。

結局何も果たせぬまま、死を許容している自分自身に向けられたものでもあった。

ひとしきり侮蔑し終えたゴブリンが、今度こそ終わりだと再度刃物を振り下ろしてきた。

悠真はそれを憎悪に満ちた目で見つめ、そして終わりが——

『——所有魂の減衰を確認』

ちりちりと、ノイズ音。脳内で、声が響いた。どこか、聞き覚えのある声。

『生命限界の到達を確認』

あるに決まっているよなと、悠真は笑う。他でもない自分自身の声だ。自分の声が脳内で勝手に、無感情に機械的な声色で言葉を発している。

『――神敵《しんてき》確認』

……………敵？　そうだ、敵だ。自分は目の前の敵を、葬らなければならない。そうでなければシャルナを救えない。このまま、なんの意味もなく、無駄死にするわけにはいかない。

『……………限界解除《リミット・オフ》、神力《しんりょく》解放』

言葉の意味を理解するよりも先に、悠真の見ていた景色が一瞬にして変わった。
目の前に飛び散る血の雨。
刃物が悠真の体を――――ではなく、悠真が持つ刃物が、ゴブリンの体を貫いていた。

第十章　目醒《めざ》め

『……………限界解除《リミット・オフ》、神力《しんりょく》解放』


言葉が発せられた瞬間、不思議な感覚が悠真の全身を襲う。

――体が軽い。もうボロボロで、立つことすらできなかったはずなのに。

「グピョギャァッ!?」

悠真の頭を掴んで嗜虐的な笑みを浮かべていたゴブリンの腹部に、ロングソードが突き刺さっている。

「ギャギャ！　ギャギャァ？」

「グギャァ!!」

何が起きたのかをゴブリンたちが把握するよりも先に、悠真は風のように草原を駆けていた。

近くにいたゴブリンの腹部に小型ナイフを突き刺し、脳髄目がけて拳を突き出す。

数メートル空中を吹き飛び、地面に落ちる時にはもうゴブリンは絶命していた。

「……不思議な感覚だ。何も怖くない」

先ほどまで抱いていた怒りや恐怖はどこへ消えたのか。呆然とした声で悠真は呟いた。

驚くくらいにクリアな意識でロングソードを構え、周囲のゴブリンと対峙する。

今も悠真の全身からは血がとめどなく流れ、傷は広がっていた。

だがその苦痛を微塵も感じない。体の内側から不思議と力が湧いてくる。

ゴブリンの数は残すところ四十体と少し。数では圧倒的に有利なはずのゴブリンが、悠真から距離を取っていた。ネレース村に向かっていたゴブリンも引き返し、悠真に相対している。

どうやらこの一瞬で悠真のことを最大の脅威と判断したらしい。

「お前たちに守るものがあるのかは知らないけど……」

ロングソードを両手で持ち、上体を低くする。

「——俺にはあるんだよ、守りたいものが！」

悠真が地を蹴った瞬間、あまりの膂力《りょりょく》に地面が凹む。一瞬で近くのゴブリンに近付くと、左手を伸ばしてゴブリンを掴み、逃げられないようにしてロングソードを突き刺す。

跳びかかって来たゴブリン目がけて絶命したゴブリンを投げつけ、勢いを殺したその直後には、もう二者の距離はなかった。

「せやぁっ！」

横に振るったロングソードがゴブリンの首を刎《は》ねる。血しぶきには一瞥もくれず、悠真は次の標的へと刃を伸ばした――

† † †

「残すは、お前だけか……」

草原には夥《おびただ》しい数のゴブリンの屍が転がっていた。

その中で悠真は、残る一体のゴブリンにロングソードの剣先を向けていた。

「グギャァ、グギャァァアアァァアア!!」

周囲に転がる同胞の亡骸を見て、ゴブリンは嘆くように叫んだ。

顔色一つ変えることなく、悠真はそれを見つめる。

「悪いが、お前にも死んでもらう。この体が動くうちに」

これはもしかすると死の間際の馬鹿力なのかもしれない。

であれば、いつ動けなくなってもおかしくない。その前に仕留める。

悠真がそう言うと同時に、ゴブリンの方から詰め寄ってきた。

小柄な体躯を活かした地を這うような動きだ。だがその動きが悠真にはひどく遅く見える。

「――しっ！」

足に突き出されたナイフを避け、ゴブリンを蹴り上げる。

宙に浮いて無防備となったゴブリンに対し、悠真は「最後だ」と呟いてその小さな体を縦に切り裂いた。

「――っ、ハァ、……ガハッ」

周囲に動く敵がいないかを確認していると、不意に喉から何かがこみ上げてきて口元を押さえる。

押さえた手の平には、べっとりと血がこびりついていた。

「……もう、限界ってことか…………。でも十分だ」

不意に全身から力が抜け、その場に倒れる。痛みはなく、ひたすら眠たい。

これが死への最終段階であることはわかっている。だというのに、不思議と恐怖は湧き上がってこない。胸の内を支配するのは満足感だけだ。

今はただ、守りたかった大切な人を守り切ることができたことに満足していた。

「よくやったよ、俺……」

自分を褒める言葉を残して、そして守ることができたネレース村を一瞥し、悠真は目を閉じた。

――ドドドドドッ！

「――――!」

地面にうつぶせになっている悠真は、地が揺れる音で目を開けた。

この期に及んでゆっくりと眠らせてくれないその原因はなんなんだと怒りにも似た感情を抱きながら音のした方を見る。

「……ッ!　嘘、だろ……」

もう鮮明ではない視界の先には、見慣れた影がいくつも見える。

「なんでッ、お前らが……まだ、いるんだよッ……」

毒づく。視界の先に見える――数十のゴブリンの群れに向けて。

まさか増援?　待機していた、のか?

(あぁ、くそ……)

迫りくるゴブリンを呆然と見つめながら、悠真は願う。

守れただろうか。時間は稼げただろうか。今の今まで自分が戦っていた間に、シャルナたちはきっとどこかに逃げてくれているに違いない。

それだけを信じて、それだけを希望にして、悠真はこの世界での生を手放そうとした。

その時――一陣の風が吹いた。

「うん、まだ生きていたんだね。それは何より」

血の臭いが鼻をつき、周囲に屍が溢れるこの場にはまったく似つかわしくない穢れなき銀髪が靡く。紫紺の瞳が、悠真を見つめていた。

ギルドで見た時に腰に差していた長剣は今、抜かれている。

刀身は白く、美しい。血など一切ついていない。

「ぁ……けん、せい……」

剣聖――ラーシャ・ナクレティア。

その異名を口にした瞬間、彼女は優しく微笑み、そして悠真に向けていた視線を跳びかかってくるゴブリンたちに向ける。

「ふっ――」

長剣を横に一閃。あまりにもあっけなく、一気に五体のゴブリンの胴体から首が離れた。

「はっ、はは……」

地面に転がりながら、悠真は乾いた笑みを浮かべる。

何がシャルナを救う、だ。

まるで物語の主人公のように、大切な人を救えるのだという根拠のない自信だけを抱いてゴブリンに立ち向かっていた。何十分もかけて、ボロボロになって、必死になって、瀕死になって。

剣聖はきっと、それを一瞬で成すだろう。主人公とは彼女のような人のことをいうのだ。

圧倒的な力を見せつけられて、悠真はすっと頭が冷えるのを感じる。

残るゴブリンがラーシャの手によって屠られるのは疑いようがない。

悠真は自分の無力感に打ちひしがれつつも、これでシャルナは守られるだろうと安堵しながら深い深い眠りについた。

† † †

夢と現の狭間。あるいは生と死の境界。意識も存在も曖昧なそんな場所で悠真は夢を見ていた。

懐かしい夢だ。悠真が中学校から剣道を始めるきっかけとなった出来事。

小学六年生の時のこと。幼いながら自らの無力さに憤った日の夢だった。

悠真には当時小学三年生の妹がいた。自分を慕ってくれる、自慢の妹だ。

幼少期の悠真にとって妹を守ることこそが兄である自分の使命だと当然のように思っていたし、そう在りたいと願っていた。

そんなある日のことだ。休日、彼は妹と一緒に近所の公園にでかけていた。少し便意を催した悠真は妹を砂場に待たせてトイレへと駆け込んだ。そしてトイレから砂場に戻って来た時、妹が中学生数名に絡まれていたのだ。

どうやら妹が砂を掘っていた際、その砂がかかってしまったらしい。その仕返しに、妹は中学生から砂をかけられていた。

悠真はカッとなって中学生に跳びかかった。生まれて初めての喧嘩だ。

とはいえ、喧嘩というには余りにも一方的過ぎた。体格差もあるうえ、相手は三人なのだ。悠真が勝てる道理はなかった。

だが悠真は何度殴られても立ち上がり、妹を守ろうと必死に足掻《あが》いた。

やがて中学生の方が飽きたのか、ボロボロの悠真を置いてその場を去った。

全身を痣《あざ》だらけにした悠真は妹を見て、そして目を見開いた。

妹が、悲しそうに泣いていたのだ。

何故？　どうして？

助けたのにどうして泣かれたのか。そのことが幼い悠真には理解できなかった。

困惑する悠真に妹が、嗚咽交じりに言った。

『お兄ちゃんが傷だらけになるのなんて、見たくないよ！』

何故助けたのか。何故逃げなかったのか。何故——強くもないのに立ち向かったのか。

そう言われたことが当時の悠真には衝撃だった。自分が無力だったから、だから妹を泣かせてしまったのだと、そう思った。

だから彼は中学に上がると同時に剣道部に入部した。

少しでも強くなれればと、それだけを願って。

† † †

ひどい話だと、悠真はその夢を見ながらまるで他人事のように思った。

誰かを助ける力などないのに、それでも足掻く自分の愚かしさを嗤う。結果として更に大切な人を悲しませてしまう自分に憤りを感じる。

今だってそうだ。結局自分は最後の最後で何も守れなかった。

根拠のない自信だけを抱いて、大切な人を助けるのだという自己満足だけを抱いて。

そして結局ボロボロになって倒れる。まさに道化だ。

自らの行いを否定し、自嘲する悠真の意識に、声が響いた。

『――マ――』

嗚咽の交じった声だ。

『――マ……ん』

泣きじゃくる声。その声を知っている。いつぞや聞いた妹の声に似ていた。

『ユーマさん!!』

懸命な呼びかけ。懐かしい声。

悠真は曖昧な世界に呑まれかけていた意識を手繰《たぐ》り寄せる。

何はともあれ、この声を再び聞くことができた。そう思う同時に、悠真は温かなものに心と体を包まれたような感覚を抱いた――

† † †

力を使い果たし、村の中央で倒れていたシャルナの元に、剣聖と謳われる冒険者、ラーシャ・ナクレティアが訪れた。

彼女の姿を見たシャルナは、ゴブリンの群れはラーシャが一掃してくれたのだろうと礼を述べようとして――彼女が背中におぶっている人影を捉えて表情を固まらせた。

「止血はしたけどね、何せこの傷だ。聖女である君の力がないと間違いなく死ぬだろう。今もまだ生きているのが奇跡と言っても過言ではない状態だ」

ラーシャは悠真を降ろし、地面にゆっくりと寝かせながらただ事実だけを淡々と告げた。

剣聖のその冷静な態度に平素であれば怒りを抱いたかもしれないが、今のシャルナにはその余裕もなかった。横になった悠真に詰め寄り、彼の名を叫ぶ。

「ユーマさん！　ユーマさん……ッ！」

悠真は僅かに漏れる苦悶の息と共に喀血《かっけつ》する。意識を取り戻す気配はない。

目尻にこみ上げてくる涙を必死に堪え、シャルナはラーシャが言った通りに《奇跡《ミラス》》を発動する。

「我が主よ。魂を欠きし者に、人の身には赦されざる譲渡を――」

シャルナの手から光が溢れ、悠真の中へと注がれる。だがその光はいつもと比べると弱々しい。

現に、悠真の傷はまったくと言っていいほど癒えていかない。

その事実を目の当たりにして、シャルナは悔しげに唇を噛む。

「――ッ、どうして、どうして……ッ！」

幾ら結界の維持で疲弊しているとはいえ、本来であれば辛うじて生きながらえる程度には回復させることができるはずだ。

なのに、この間と同様、自分の癒やしの力が悠真にはまったく効かない。今こうしている間にも悠真の命の灯《ともしび》は消えようとしているのに。

「……なるほど、聖女の癒やしの力というのもまた、それほど万能なものではないらしい」

シャルナの焦燥に満ちた表情と、癒える様子のない悠真の姿を見て、ラーシャは小さく零す。それから周囲に立ち尽くす村人や冒険者に視線を向けた。

「あぁ、君たち。悪いけどお湯と何か敷くものを持ってきてくれるかな？　有るだけ全部だ」

剣聖の言葉に、彼らは弾かれたように言われたものを取りに走り出す。

そうして人払いを済ませてから、ラーシャは再度シャルナを見た。

――直後、シャルナの手から光が消え、《奇跡《ミラス》》の効力が完全に消え去る。と同時にシャルナもまた、悠真の隣に崩れるように倒れた。

「！　君!?」

さしもの剣聖も驚いたのか、目を見開いてシャルナを抱き寄せる。そして彼女の表情を見て更に顔を曇らせた。

シャルナの白い肌から生気が失われていく。隣で横たわる悠真と比べても違いがないほどに。それは文字通り、最後の一滴まで力を絞り尽くした証拠。だが——

「よすんだ。それ以上は、君も危ない」

「まだ、やれます……ッ」

体をラーシャに預けながらも、シャルナは上体を起こし悠真の体にそっと手を添え、力を使おうとする。が、その腕をラーシャが掴んだ。

「放して、ください！　今やらないと、ユーマさんが……ッ！」

「ダメだ。それ以上は君の命が危ない。——まったく、彼女にそこまでやらせる君は幸せ者だよ。……いや、彼女だけではないか」

自らの言葉を否定し、こちらに走ってくる人影を見て呟いた。

「ユーマっ！」

ネレース村の外、草原から駆けてきたのはファウヌスのギルド会館にいるはずのネロだった。

ネロは髪を振り乱しながら瑠璃色の瞳に不安の色を宿し、地面に寝かされている悠真の姿を捉えて叫ぶ。

それから傍らにいるシャルナとラーシャに状況の説明を求める視線を送った。

「見ての通りだよ。ゴブリンの大群との戦いで彼の命は風前の灯《ともしび》だ。けれど、彼の命を救おうにも聖女の力はもはや残されていないらしい」

「そんなっ、どうにかできないの！」

同じく死にそうな状態のシャルナを見ても、ネロは思わず彼女に縋るような口調で打開策を求めてしまう。

その言葉にシャルナがまたしても悠真の治療に当たろうとするが、ラーシャはそれを止めた。これ以上の治療の続行は、シャルナの命にかかわる。

悠真の呼吸が徐々にゆっくりとなり、上下する胸の動きも小さくなっていく。

その時、ラーシャがシャルナを見つめて小さな声で呟いた。

「――君の加護は、そもそも癒やしの力ではないね」

「――ッ」

ラーシャの言葉に、シャルナが目を見開く。剣聖の呟きを聞いたネロは、即座にそんなはずがないと否定の声を上げた。現に、今まで彼女は何百人、何千人という人々を治してきたのだ。

だが、ラーシャはこの村にくるまでの過程で遠目から見ていた。ゴブリンの大群から村を守る光の壁を。

シャルナの加護。それを皆は傷ついた者を癒やす力であり、万能であると勘違いしている。

そもそもただの癒やす力であるのならば、先ほどまで展開していた光の壁は何なのか。そして万能であるならば、彼女がどうしてこれほどまで疲弊するのか。

ラーシャの指摘を受け、シャルナは俯く。だがそんな彼女に剣聖は言い聞かせる。

「彼を救うには、君の力に頼るほかない。君が真に彼を救いたいのならば、君の加護がどのようなものかを僕たちに教えてくれないか」

シャルナは顔を上げてじっと悠真を見つめる。それから、目をギュッと瞑り……そして、ラーシャたちに向けて口を開いた。

「……確かに、ラーシャ様のご指摘の通り、私の加護は癒やす力ではありません。私の《奇跡》《ミラス》――それは、人が内に持つ魂を移動させることです」

「「――ッ!!」」

シャルナの告白に、ネロとラーシャが驚愕の表情を浮かべる。

やがて剣聖は呆れたように息を吐き出し、薄く笑った。

「なるほどね。……自分の魂を削り、他者の欠けた魂を補う。それが君の癒やす力の正体だったというわけか。でも、だからといって自分の命が危うくなるまで魂を削ってどうするんだい」

――魂。この世界に生まれ落ちた者が、世界へ及ぼす影響力の大きさ。

人は肉体的にも精神的にも傷つくと、魂が欠けていく。怪我人などはその最たるもので、怪我の重度によってその者が持つ魂の欠損量が変わる。その欠けた分を、シャルナは自分自身の魂を注ぎ込むことで修復し、結果として怪我人の肉体的ダメージは癒やされるのである。

聖女と呼ばれるシャルナの世界への影響力、すなわち魂の大きさは常人に比べ規格外である。故に彼女は癒やす力をどれほど使おうとも、疲労感が襲い来るだけで留まっていた。だが、今回はその魂の多くを結界の維持に費やした。その上、何故か悠真には……

「それでも、ユーマさんを、治さ、ないと……ッ」

「だからと言って君が魂を削って死ぬことを彼が望んでいるわけがないだろう。何より、同じく剣を振るう者として、彼が戦った意義を失くしてしまうようなことをさせるわけにはいかない」

「――――」

ラーシャの言葉に、シャルナは悔しそうに俯く。彼女の目尻に溜まった涙をラーシャは見逃さなかった。

「じゃあ、ユーマは助からない……？」

崩れるように両膝を地面につき、ネロが震える声で呟く。

だが――、剣聖は首を小さく横に振り、シャルナに向けて話しかける。

「いや、そう結論付けるのはまだ早いよ。――君に、一つ提案があるんだけど」

「提案……？」

「そう。君の加護が真に魂を動かすことならば、僕の魂を彼に注ぎ込むこともできるんじゃないかい？　自分で言うのもおかしな話だけど、僕はそれなりに魂があるはずだと思うんだけど？」

「――ッ、それ、は……できます。ですが……」

「迷っている時間はないはずだよ。急がないと彼が、下手をすれば君さえも死んでしまう」

「――――」

悠真の呼吸が明らかに弱ってきている。彼女の言う通り迷っている時間はない。

「すみま、せん……」

「君が気に病む必要はない。もちろん、彼もね」

ラーシャは悠真を見て呟く。シャルナを薄らと笑みを浮かべると、剣聖に手をかざした。

「我が主よ。魂を欠きし我に、人の身には赦されざる譲渡を――」

呟くと同時にラーシャの体が光り、そしてその光はシャルナの中へと注ぎ込まれていく。

そして同時にシャルナは、悠真の体にもう片方の手を添えた。

「我が主よ。魂を欠きし者に、人の身には赦されざる譲渡を――」

先ほどとは比べものにならない光が、悠真の中へと流れ込んでいく。

「これはっ、なかなかにきついね……っ」

魂を分け与える感覚に、ラーシャは顔を顰める。どっと押し寄せてくる疲労。第一位冒険者である剣聖にとって、これほどの疲労はなかなか味わう機会のないものだった。

だがラーシャ自身が言った通り、剣聖たる彼女の魂の大きさは常人の域を遥かに超えている。故に、常人である悠真の魂を補給するには十分すぎる――はずだった。

「⁉　これだけ魂を注ぎ込んでも、傷が癒え切らない……ッ！　やっぱり、私が未熟だからッ……」

「いや、これは……」

悠真の傷がなかなか癒えていかないのを見て、シャルナはやはり自分のせいではないのかと表情を険しくする。

だが、ラーシャは目を細めて悠真を見ながら否定の言葉を漏らした。

「――ッ、それでは足りないわ」

すると、静観していたネロが確信したように告げる。、ラーシャは振り返り、どういう意味かと説明を求めた。

「……ネロの加護は、他者の魂の大きさを視ることができるというもの。そして――ユーマの魂の大きさは、剣聖であるあなたの魂の大きさを超えているの」

初めてギルド会館に悠真が現れた時、ネロは彼の魂を視た。そして同時に驚いた。

今まで会ったどの人間よりも、魂が大きかったから。

「――！　そういう、ことだったんですか……」

「なるほどね。これは俄然、彼に興味が湧いてきたッ」

ネロの告白に、ラーシャとシャルナがそれぞれ驚きの反応を見せた。

それが事実だったとすれば、すべて合点がいく。

シャルナが未熟だったのではなく、そもそもからして悠真の魂の器が大きすぎたのだ。

「だから、ネロの魂も使うといいわ。二人分の魂を注ぎ込めば、さすがのユーマの器でも満たされるはずだから」

「……お借りしますッ」

ネロの申し出に、シャルナが頷く。そして彼女の指示で、ネロがラーシャの手を握った。直後、魂が削られる脱力感と喪失感が押し寄せ、ネロは思わず顔を顰めた。

だが、決して苦悶の声を漏らしはしない。

悠真の中に魂を注ぎ込みながら、シャルナはふと考えてしまった。

第一位冒険者として数多の災厄から人々を救った剣聖。その彼女よりも大きな魂の器を持つ悠真は、一体どれほどの影響力をこの世界にもたらすのだろうかと。

そんな畏怖を抱きつつも、シャルナは次第に癒えはじめた悠真の体を見て、心から安堵したのだった。

† † †

「……ふぅ、これでよし。ラーシャさん、ネロさん、その……負担を負っていただきありがとうございました」

「何、気にする必要はないよ。それ以前に、君みたいな女の子がこれほどまでの重荷を毎日背負っていたことを思うと、やり場のない思いが湧いてくる」

ラーシャの言葉にシャルナは目を伏せた。

「ネロは受付嬢としての責務を果たしただけよ。冒険者をみすみす死なせたとなったら、ネロの立場にも関わってくるのだし」

安全とはいえない草原を、ネロは一人走り続けてここまで辿り着いたのだ。焦りに満ちた表情を浮かべて悠真の容体を気遣っていたあの姿は、決して一冒険者に向ける受付嬢の態度ではなかった。

ネロの照れ隠しのような言葉に、思わずシャルナは肩をすくめる。

「それにしても……すごく疲れたね。あぁ、君を責めているわけじゃない。ただ驚いただけだよ」

「そうですね。まさか剣聖と謳われるあなたの魂の大半を注ぎ込んでも足りないとは、想像もしていませんでした……」

村人が持ってきた布の上に寝かされる悠真を見て、シャルナは訝しむ。

決して長いとはいえない期間であったが、同じ屋根の下で彼と暮らしてきたシャルナの目には、どうしても悠真がラーシャを超えるほどの影響力を持った人間には見えなかった。

湧き出た疑問をひとまず置いておいて、シャルナはラーシャに改めて頭を下げる。

「ラーシャさん、ユーマさんを助けていただきありがとうございました。あなたがいなければユーマさんはきっと助からなかったと思います」

深々と頭を下げる。魂を分けてくれたことはもとより、ゴブリンの群れに蹂躙されていたであろう悠真を、すんでのところで救ってくれたことに対する感謝だった。

だが、剣聖の次の言葉は、シャルナの予想だにしないものだった。

「それは勘違いだよ。僕が駆け付けた時には、既に彼がこの村に迫っていた大量のゴブリンをすべて倒していた。実はファウヌス西部のアウラ村にもゴブリンの群れが侵攻していてね。僕はそちらの討伐に向かっていたからここに来るのは遅れたんだ。彼がいなければ、僕が来るよりも先にこの村は落ちていたに違いない」

「……え、ユーマさんが六十体のゴブリンを？　それはあり得ません！　だってユーマさんはッ」

「事実だよ。僕がここに来た時、草原にはそれだけの数のゴブリンの死骸が転がっていた。もっとも、森の方から更に現れた二十体ほどのゴブリンは僕が殲滅したし、そうしなければ彼も命を落としていただろうけどね」

シャルナが否定しきるよりも先に、ラーシャが事実だと繰り返す。

シャルナは今までの悠真を思い出す。彼は命を落とすことを嫌い、そのような状況に至ることを避けていた。庭で剣を振るっていたその姿も、お世辞にも腕がたっているようには見えなかった。

その悠真が熟練の冒険者パーティーでも命を落としかねない六十体のゴブリンを単騎で撃破したと聞いても、にわかには信じられない。

「しかし一つ解せないことがあるんだよね。あれだけのゴブリンを屠れるほどの腕があれば、彼はこうまで傷つかないはずだ。なのに、瀕死の状態で草原に倒れていた。……面白いね、彼」

「――――」

それぞれが、異なる心境で悠真を見つめていた。

「――あぁ、そういえば君たちの加護のことは黙っていた方がいいのかな？」

「その方が助かるわ。ネロの加護は、あまり望まれるものではないから」

「わ、私もそうしていただけると助かります。人々が望んでいるのは、あらゆる傷を治す万能の癒やしの力ですから……」

二人の返答を聞いたラーシャは、小さく息を吐きながら肩をすくめる。

「君たちも大変だ。わかったよ、今回のことは黙っておこう。……あぁそうだ、君はさっきから彼という存在を小難しく考えているようだけど、一つだけ確かな事実がある」

「確かな事実ですか？」

ラーシャに見透かされたように言われ、シャルナは一瞬赤面する。

すると、ラーシャは一瞬悠真を見て微笑み、それからシャルナに向き直る。そして真剣な眼差しで口を開いた。

「彼が何者であれ、絶対に揺るがない事実。それはね、瀕死になろうと、死にそうになろうと、君を助けようとしたというその純然たる事実だよ」

「――――！」

「片や命を賭してゴブリンの群れから一人の少女を救おうとした少年。片や死の危険を顧みず一人の少年を救おうとした少女。……君たちの関係性はなかなかに面白い」

「そ、それは……ッ」

ラーシャの言葉に、シャルナは顔を赤くする。何故か心臓が激しく高鳴る。

眠る悠真の顔を見ると、それだけで言い知れぬ羞恥が襲ってきた。

だが、確かにそうだ。剣聖の言った通り、あれほど生に固執していた悠真がその生を擲《なげう》ってでも自分を助けようとこの場にきてくれた。その事実は、彼が何者であろうと変わらない。

シャルナは改めて、悠真に最大の感謝を心の中で述べる。助けてくれてありがとうと。

「っ、あ、あの、どちらへ……？」

突然、剣聖が草原の方へと体を向けた。その行動の意味がわからずにシャルナが問うと、ラーシャは笑いながら答える。

「なに、命を賭してでも少女を救おうとした、そして一つの村を救った一人の英雄にご褒美をと思ってね。あれだけの危険がありながら戦場に立った勇気に対して何も支払われないのは酷だろう？　……まぁ、彼からすればそんなものはどうでもいいかもしれないけどね。君が救われたことが彼にとっての救いだろうし」

「それはどういう？」

ラーシャの言葉の意味がわからず、シャルナは首を傾げる。するとラーシャは一瞬目を見開いて固まり、それからやれやれと首を振った。

「これほどのことをされてまだ気付かないなんて……まぁいい。それを僕が答えるのは彼に失礼だからね。この答えは君たち自身で導き出すべきものだよ」

意味ありげな言葉を残し、ラーシャは草原へと歩み出す。

同時にネロもまた立ち上がり、悠真に一瞬だけ視線を向けてからシャルナに頭を下げると、ラーシャの後を追う。

その二人の背中を、シャルナは呆然と見つめていた。

終章　涙の聖女

気だるげな微睡《まどろ》みから少しずつ覚めていく感覚。この感覚は沼から這い上がってくるようなものだと悠真は思う。

夢とは違い、自分が誰であるのか、どこにいるのかもわからない曖昧な世界の中、それでも意識だけは確かにあって、でも曖昧で。それが徐々に確かなものとなりながら世界に根を下ろしていく。体験したことのない者が聞けば首を傾げるだろうが、今の感覚を説明しろと言われれば悠真はこう言うしかなかった。

そして今回は今まで以上にやばかった。

かつてないほど意識が希薄になり、越えてはいけない一線を越えてしまいそうだった。その一線の向こう側に足を踏み入れかけたその時、膨大な光が世界を覆い、温かな何かに包まれるとともに、悠真の魂が、意識が、確かなものへと変わっていった。

やがて悠真の存在はあるべき場所へと帰還する。

彼が命を賭して守りたかった者のいる、あの世界へと――

† † †

「――」

ぼやける視界の中で一つの違和感を抱く。

眼前に広がる天井が、教会のものではなかったのだ。

目覚めた瞬間にシャルナに命を救われたのだと理解した悠真は、痛む体に鞭《むち》打ちながら辛うじて上体を起こし、周囲を見やる。

教会の部屋よりも一回り小さい。簡素なベッドが一つあるだけで、他にはこれといって何もない。雰囲気的には仮眠室のようなイメージだった。

「……っと」

立ち上がろうとした途端、猛烈な立ち眩みが悠真を襲った。一瞬、自分がどこを見ているのかもわからなくなるほどだった。思わず悠真は、木板の張られた床に片膝をつく。

ちょうどその時、部屋のドアが開かれた。

「起きたのね」

平静を保ちながらも僅かに上擦る声を発して室内に入って来たのは、ギルドの受付嬢であるネロ・フォレスだった。

「ネロさん……？　ということは、ここはギルド会館なんですか？」

「ええ、そうよ。この部屋はギルド会館の奥にある職員用の仮眠室。ところで……」

床に片膝をついたまま見上げてくる悠真を見つめながら、ネロは言葉をかける。

「手を貸した方がいいのかしら」

「い、いいえ、大丈夫です！」

むんっ！　と勢いよく立ち上がるものの、更なる目眩が襲ってきてすぐさまベッドに腰掛ける。

その一連の動作を見て、ネロは小さくため息を吐いた。

「まだ本調子ではないようね。とはいえ、いろいろと処理しないといけないことがあるから、落ち着いたら下まで降りてきなさい」

「処理？　え、俺、消されるんですか」

「ねえ、ユーマ・シノハラ………そんなわけないでしょ」

悠真のつまらない冗談を切り捨てるように、ネロは睨みつける。悠真は思わず顔を引き攣らせながら、説明を求める眼差しを彼女へ向けた。

「……昨日の一件に関して、渡すものがあるの。端的に言えば報酬ね」

「報酬？　どうして俺が……、俺は結局――」

言いかけて口を噤む。結局何も成せなかった。揚げ句にはまたシャルナに助けられたのだ。助けようとしていた人に。なんて無様な話だ。

その事実を口にすることがどうにも憚られた。

「ラーシャ様のご意向よ」

「ラーシャ様って、あの剣聖の……」

脳裏によぎるのは、穢れなき銀髪に紫紺の瞳。血なまぐさい戦場であっても優雅で、優美で、潔くて。

自分を救ってくれたもう一人の存在だ。

六十体ものゴブリンを悠真が倒した――彼女の口からその言葉を聞き、本当にそれを自分が成したのかと疑問を抱く。

「そうよ。最終的にゴブリンの討伐部位を回収して持ち帰ったのはラーシャ様だけど、そのうちの六十体はユーマが倒したものだから報酬は彼に渡してほしいと言われたの」

「――――」

ただ……最後に何か不思議な力が湧いてきたことだけは憶えている。

この報酬を受け取れるのは、剣聖の厚意だろう。本来討伐部位を持ち帰らなければ達成とは見なされないのだから。

文句はない。あるわけがない。貰えるものをわざわざ断るほど、悠真には余裕がない。

「その……ありがとうございます」

口から零れた感謝の言葉は果たして誰に対するものだったのか。

悠真の感謝を耳にしたネロは、何を思ったのか顔を顰める。

「念のために言っておくけど、ネロは怒っているのよ」

「え……？」

「生きて帰れたからよかったけど、一歩間違えれば命を落としていたのよ？　昨日ネロが止めたのを無視してギルド会館を飛び出して、ネロがどんな気持ちだったか」

「――――」

確かにそうだ。冒険者の身の丈に合った依頼を提示し、無事に帰ってきてもらうことを第一に仕事をしている彼女にとって、悠真の突発的な判断はそれを侮辱するものだ。

自分の浅はかな行動を恥じる。だが、決して後悔はしていない。

あの選択が間違っているとは思っていない。ただ彼女に対しては謝るべきだと、そうも思った。

「その、すみませんでした……」

「……ユーマ・シノハラ。その顔は、後悔はしていませんという顔ね」

「！　あ、いやぁ……」

言い当てられて思わずしどろもどろになる。

だがそんな悠真を見てネロは薄く笑った。

「別にそのことを怒ってはいないわ。ユーマが後悔をしない選択をしたのであれば、それをネロがどうこう言うことではないのだし。……だけど、ユーマの行動とその態度がどこまでも……似ていて……それが癪《しゃく》に障《さわ》っただけよ」

「え？　それはどういう……」

「悪いけど、まだ仕事が残っているから戻るわ。あとで来なさい」

振り返るネロに向け、悠真は最後に一つだけと言わんばかりに問いを投げた。

「あの、すいません。シャルナは、今どこに？」

「……シャルナ様は今、教会で休んでいるそうよ。相当疲れたみたいだから」

「――――」

その返答に悠真は固まる。ネロはそんな悠真を目を細めて見つめると静かに退出した。

（疲れたって……やっぱり俺の治療をしたからだよな……。助けようとした相手に助けられて、なおかつその人に負担を負わせるなんて本末転倒じゃないか……。ん？　そういえば……）

ふと悠真は、ゴブリンの攻撃によって傷を負った場所――といってもほぼ全身だが――を仔細《しさい》に眺める。

（傷が完全に塞がってる。それだけじゃない、ネロさんの口振りからするとあれからまだ一日しか経っていない。以前よりも遥かに重大な怪我を負ったはずなのに、一日でこうして目を覚ました……）

前回は回復まで九日もかかった。この治癒速度の差はなんなのだろう。

「まぁ、考えるだけ無駄か。ひとまず今は命が助かったことに感謝しておこう」

この世界の住人でない悠真が考えたところで意味はない。彼女の癒やしの力《奇跡《ミラス》》については詳しいことを何も知らないのだから。つまりは考えるだけ無駄ってことだろう。

「こんなだから、俺には加護を授けてくれないのかなぁ……」

天井を見上げ、遥か彼方にいるのかもしれない神に問う。無論、返事などなかった。

そんな自分の行動が馬鹿らしく、悠真は思わず笑った。

† † †

仮眠室がある二階からギルド会館の一階へ降りると、館内にいた冒険者たちが一斉に悠真に視線を向けた。それは今までとはどこか異なる種類のものだった。

ひとまず無視して受付にいるネロの元へと向かうと、開口一番彼女は悠真に告げる。

「ユーマが討伐したゴブリンは六十体だから、報酬は百二十万マネよ」

「百、二十万……」

これまでの報酬の最高額がせいぜい四、五万程度。悠真が呆然と呟くのもある意味仕方のないことだった。

「受け取りなさい」

そう言って、ネロは麻袋を悠真に手渡してきた。中に白金貨が入っているのは自明だ。

「ありがとうございます。――っと、重たい」

百二十枚の白金貨ともなると相当な重さになる。

だがそれを口にしてから、悠真は「いや……」と心の中で否定した。

あれだけボロボロになって、下手をしなくても命を落としていたのだ。果たしてこの金貨の重さがそれに見合うといえるのだろうか。

悠真にはよくわからなかった。どうあれここは元の世界とは違う。

――異世界。

命の価値が低い場所。死がすぐそばにある世界なのだ。

その事実を今更ながらに心に深く刻み込み、悠真は報酬を受け取った。

「あ、そういえばラーシャ……さん？　はどちらに？」

「悪いけど、ラーシャ様は討伐部位を提出してすぐに出て行ったわ。だから彼女の動向までは把握していないの」

「そう、ですか……」

感謝の気持ちを伝えようと思ったが、所在不明ならば仕方がない。

また顔を合わせた時に言おう。

いろいろと迷惑をかけたネロに改めて頭を下げた悠真は、冒険者たちの視線を振り切ってギルド会館を後にした。

† † †

教会の前。この世界に来てから過ごすこの場所はもはや家のようなものだ。少なくとも元の世界にいた頃に抱いていた教会に対するイメージとは明らかに別物だった。

そんな教会の扉の前で悠真はゴクリと唾を呑み込む。いつもと変わらないこのドアが、どうにも大きく感じられた。

原因はわかっている。また自分を助けてくれたシャルナと、どう接したらいいのかがわからなかったからだ。

(――でもまぁ、今更だよな)

後ろめたいものを感じつつも、開き直って悠真はドアを開く。

ギギギ……と、重々しい音と共に教会の中が見えてくる。神聖な雰囲気を醸し出す礼拝堂。天井からは光が射し、祭壇を厳《おごそ》かに照らす。

ゆっくりとドアを閉じて悠真は中に足を踏み入れる。そしてシャルナの姿を探した。

導かれるように一つの部屋へと向かう。扉の前に立ち止まり、ノックをしようと右手を上げて、ひと息吐く。そしてギュッと目を瞑り、コンコンとドアを叩いた。

――返事はない。

ネロの話によれば、今はまだ休んでいるとのことだ。

黙って入っていいものかと少し悩んだものの、意を決して悠真はドアを開けた。

ベッドの上に、眠りにつく彼女の姿があった。

白髪は乱れ、額には汗が滲んでいる。それでも彼女は美しかった。

悠真はベッドの近くにイスを動かし、そこに腰掛ける。そしてそのままジッと彼女の寝顔を見つめる。そこに邪《よこしま》な感情などない。

不思議と穏やかな気持ちだった。つい先ほどまで抱いていた不安も迷いも、彼女を見ているだけですうっと消えていく。

どれだけそうしていただろうか。気付けば窓から見える空はオレンジ色に染まっていた。

「ん……っ」

「――!」

唐突に、シャルナが小さな声を漏らす。瞼が徐々に上がり、その青い瞳がしばし虚空を彷徨い、
やがて脇に座る悠真を捉えた。

「ユー、マ……さん？」

意識が覚束ないのか、呂律《ろれつ》が回っていない。それでも悠真は自分の名を呼ばれて胸が高鳴るのを

感じ、思わず顔を綻ばす。

そうしている間に、シャルナの意識がハッキリとしてくる。

「――って、ユーマさん!?」

「えっと、シャルナ。調子はどう？　何か気分が優れないだとか……」

悠真の存在を認識したシャルナは、跳びはねるように上体を起こす。彼の言葉に従って自分の今の状態を確認し……そして、その白い肌を真っ赤に染め上げた。

「み、見ないでくださいっ!!」

叫ぶと同時にシャルナは布団の中に潜り込む。

それもそのはずだ。彼女の今の服装はいつものシスター服ではなく、患者用の薄着。他のシスターに安静にするよう言われ、それに着替えていたのである。

彼女の反応を理解した悠真もまた、顔を赤らめる。

「あっ、いや……き、着替えたら呼んで!!」

彼女の返事を聞かず、悠真は逃げるように部屋を出る。ドアを閉めると同時にその場に頭を抱えてうずくまった。かつてないほど紅潮した顔を隠すように。

† † †

「——も、もう大丈夫です」

部屋の中からシャルナにそう声を掛けられて、悠真はハッと顔を上げる。

そして振り返ると、ゆっくりとドアを開けた。

「…………」

沈黙が悠真を招き入れる。

ベッドに腰掛けるシャルナはいつものようにシスター服に着替えていた。

だが彼女の表情には、平素の聖女のような凛とした笑みとは異なり、羞恥に染まる一人の少女のぎこちない笑みが浮かんでいた。その姿が、悠真の胸を更に高鳴らせる。

ともかく、話すことはいろいろとある。

悠真はシャルナの目の前のイスに座り、ジッと彼女を見つめる。

やがて彼女も、伏せていた顔をゆっくり上げた。

「その、ユーマさん。体調はいかがですか……？」

互いに微妙に視線を逸らしたまま会話が始まる。

「だ、大丈夫。なんの問題もない。むしろ、今までよりも調子がいいくらいだ……」

「そうですか……」

ホッと胸を撫で下ろしたシャルナが、両手を胸の前へと抱き寄せる。

（なんか、話し辛いな……）

悠真は頬を掻きながら顔を顰める。いつも通りに接すればいいのだが、これまでどのように接してきたのかが思い出せない。自然と声は上擦り、早口になってしまう。そして会話が続かない。

「ところでシャルナの方こそ大丈夫なのか？　かなり疲れているってギルドの人に聞いたんだけど」

「はい、十分に休みましたので。今ならいくらでも加護を使える気がします」

僅かに笑みを浮かべながらシャルナは答える。

「シャルナ……」

「は、はい？」

どことなくぎこちない空気の中、悠真が一言、彼女の名を呼び真っ直ぐ視線を向ける。

シャルナもまた、背けていた顔を悠真に向けた。

「迷惑をかけてごめん。また助けられた」

「……！」

悠真は深々と頭を下げた。そしてありのままの事実を静かに告げる。

「助けたかったんだ、俺も。シャルナを失いたくなかった。失いたくなかったんだ……」

膝に置かれた両手に力が入り、知らず悠真はズボンを力いっぱい握っていた。

あの時あの場に赴いた時、悠真の心には確かにシャルナを救いたいという気持ちしかなかった。

だが結果として、シャルナに迷惑と心配をかけただけだった。

だから、謝るしかない。

無言で深々と頭を下げる悠真。

シャルナはそれを見て困ったような表情を浮かべながらどう返していいか戸惑う。

沈黙。

窓の外から、夕方によく鳴く鳥の鳴き声が聞こえてくる。

悠真の頭に、嫌われてはいないだろうか、絶縁されないだろうか、そんな不安が湧き上がってくる。

ギュッと目を瞑ってシャルナの言葉を待つ悠真。

やがてシャルナは意を決したようにベッドから立ち上がると、椅子に座る悠真に歩み寄り、そして自分の手を悠真の両手に添えた。

「ユーマさん。ユーマさんが謝る必要なんてありません。ユーマさんが助けに来てくれなかったら、きっと私も、一緒に来てくださった冒険者の皆さんも、村人の皆さんも、みんな助かっていませんでした。ユーマさんは私の命の恩人です。そんなあなたの怪我を治すのは当然のことです」

「命の、恩人……?」

「そうですよ。六十体のゴブリンの群れ。ユーマさんが倒さなければ、きっとネレース村は滅んでいたっ。だからユーマさん。あなたは自分の行動を誇っていいんです！　私の胸の中にあるのは、あなたへの心からの感謝だけなんですからっ」

「――ッ」

確かに自分は六十体のゴブリンを倒した。だが、後にきたゴブリンの群れには何もできず、ただ殺されるのを待つしかなかった。

だから自分の行いにはなんの意味もないと思っていた。

「……ぁ」

胸につかえていたものが、スッと取れるのを感じる。彼女の言葉で悠真は――救われた。

「でも……でも、あの時、怖かったんです。私も、ユーマさんには傷ついて欲しくなかった。失いたくないと思ったんです！　あの時ラーシャさんが抱えてきたボロボロのあなたを見て、どうしようユーマさんが死んでしまうって、本当に怖かった！」

「っ、シャルナ……ッ」

シャルナは大粒の涙を流していた。

彼女の独白を聞いて胸が締め付けられる。自分が彼女を失うのが怖かったのと同じように、彼女もまた同じような気持ちだったのだ。

あの時ネレース村にゴブリンの群れが向かったと聞いた際に抱いた不安。それと同じものを彼女もまた抱いたのだ。

「――――」

自分にとってシャルナが特別な存在であるように、彼女にとってもまた自分は特別なのだろうか。

そうだったらどれだけ嬉しいことだろうか。

滂沱の涙を流すシャルナを見て、悠真はいつの間にか無言で彼女を抱きしめていた。

いつだったか。自分がシャルナの前で涙を流した時、彼女がそれを受け入れてくれたように。少女の嗚咽が止まる時まで、無言で、優しく。

やがて陽は落ち、あたりは薄暗くなっていく。静かな夜が訪れるように、少女の泣き声も徐々に小さくなっていった。

† † †

「…………」

泣き止んだシャルナは、何も言わず静かに悠真の腕の中から離れる。

いつの間にか床に蹲るようになっていた彼女は、赤面した顔を隠しながら、ストンとベッドに腰掛けた。

そして、コホンとわざとらしい咳をすると、恥ずかしさを紛らわすように声を発した。

「その、すみませんでした……」

そんな彼女の謝罪を受け、悠真はくすりと笑う。

「ど、どうして笑うんですかぁ！」

いまだ目尻に溜まっている涙を拭いながら、シャルナは「心外です」と頬を膨らませる。

そんな少女らしい仕草があまりにも愛しく、悠真は更に表情を綻ばせた。

「いや、以前俺がシャルナの……その、シャルナの目の間で泣きじゃくった時も同じようなことを言ったなぁって思って。——あれからもう何ヶ月も経ったんだな」

自分はいつ元の世界に帰れるだろうか。ふと、悠真の脳裏にそんな不安がよぎるが、シャルナの瞳に映る自分を見て、消極的な考えを振り払う。たとえ元の世界に居場所がなくとも、この世界には彼女がいる。

「シャルナ、俺は——」

言いかけて、口ごもる。……この気持ちは、言わないほうがいい。

大体、彼女が自分のことを想ってくれている可能性などあるわけがないのだから。

「？　どうされましたか？」

口を開けたまま固まる悠真に、シャルナは首を傾げる。

「……いや、なんでもないよ。ただ、シャルナが俺を失うのが怖いと思ってくれたのが、嬉しかっただけだよ。ただそれだけだ」

「……！　そ、それは……だって、ユーマさんのことをいつの間にか……」

「？」

誤魔化すために口にした言葉に、何故かシャルナは顔を真っ赤にする。

自分の言葉の一体どこに、赤面要素があったのか。

もにょもにょと話されたせいで、後半の言葉もまったく聞き取れなかった。

「シャルナ、ど、どうしたんだ？」

「――！　な、なんでもありませんっ！」

何かを誤魔化すようにシャルナは叫ぶ。もうこれ以上何も話すまいと口を堅く閉ざした彼女を見て、悠真は肩をすくめた。

「もう、こんな時間か……」

外はすっかり暗くなっていた。悠真の声に反応したシャルナもまた窓の外を見る。

「そろそろ夕食の時間ですね。私も他のシスターの方たちに、回復したと伝えに行かないといけません。――ッ」

「……っと、大丈夫か？」

立ち上がろうとしてよろけたシャルナを、悠真が支える。

「ぁ、ありがとうございます」

照れながらも満面に笑みを浮かべたシャルナは、悠真にお礼を言って扉へと向かう。

そんなシャルナの背中を見つめ、悠真は口元を手で押さえた。

（今のは、卑怯だろ……）

「ユーマさん、行きましょう」

振り返って手を伸ばし、自分を誘ってくる白髪の少女。

その笑顔を見て、彼女を守ることができて本当によかったと、心の底から思う。

（……やっぱり、自分の気持ちに嘘はつけないな。たとえ後悔しようとも、たとえこの気持ちを抱いた果てにどのような結末が待っていようとも、俺は――）

――この気持ちを抱き続ける。

そう心に決めた悠真は、差し出されたシャルナの手を優しく掴み、歩き出した。

月が導く異世界道中
Tsuki ga michibiku isekai douchu
大人気小説「月が導く異世界道中」の
「PCブラウザゲーム」が登場！
イベント実施中!!
新たな魔人と共に紡ぐ、
もう一つの「月導」
詳しくは http://tsukimichi-game.alphapolis.co.jp/ へアクセス！
©Kei Azumi ©AlphaPolis Co., Ltd. ©FUNYOURS Technology Co., Ltd. キャラクター原案：マツモトミツアキ・木野コトラ

とあるおっさんのVRMMO活動記
PCオンラインゲーム
絶賛
サービス中
ワンモア・フリーライフ・オンライン
とあるおっさんのオンライン活動記
「ワンモア」が
リニューアル!?
仲間と楽しめる新機能と共に
「ワンモア・フリーライフ・
オンライン」
新生・再始動…!
詳しくは http://omf-game.alphapolis.co.jp/ へアクセス！
© Howahowa Shiina © AlphaPolis Co.,Ltd.

Re:Monster
ゲームアプリ解放《リリース》中!!
72万ダウンロード突破!
※2017年5月時点
App Store無料ランキング(ゲームカテゴリ) 2位!
※2016年2月25日時点
Google Play™ 国内アプリ新着無料ランキング 3位!
※2016年2月26日時点
おかげさまで誕生1周年!
喰えば喰うほど強くなるRPG!
Re:Monster
リ・モンスター
~ゴブリン転生記~
書き下ろしマンガも公開中じゃよ
詳しくは
http://remonster.jp/
にアクセス!
【Android】Google Play
【iOS】App Store
で好評配信中!
携帯サイトはこちらから!
©Kogitsune Kanekiru ©AlphaPolis Co., Ltd.

超人気異世界ファンタジー THE NEW GATE
スマホアプリ絶賛配信中！
THE NEW GATE
ザ・ニュー・ゲート
小説最新9巻登場
「天下五剣」が手に入る
期間限定クエスト開催!!
毎週 新装備 が 続々登場中！
※本告知は2017年3月時点のものです。
本イベントは期間限定であり、既に終了している可能性もあります
新規でゲームを始めると
10連ガチャ
1回分のジェイルを
プレゼント！
【Android】Google Play
【iOS】App Store
でダウンロード!
公式サイトは
こちら
http://game.the-new-gate.jp/
©Shinogi Kazanami　©AlphaPolis Co., Ltd.　キャラクター原案: 魔界の住民・三輪ヨシユキ

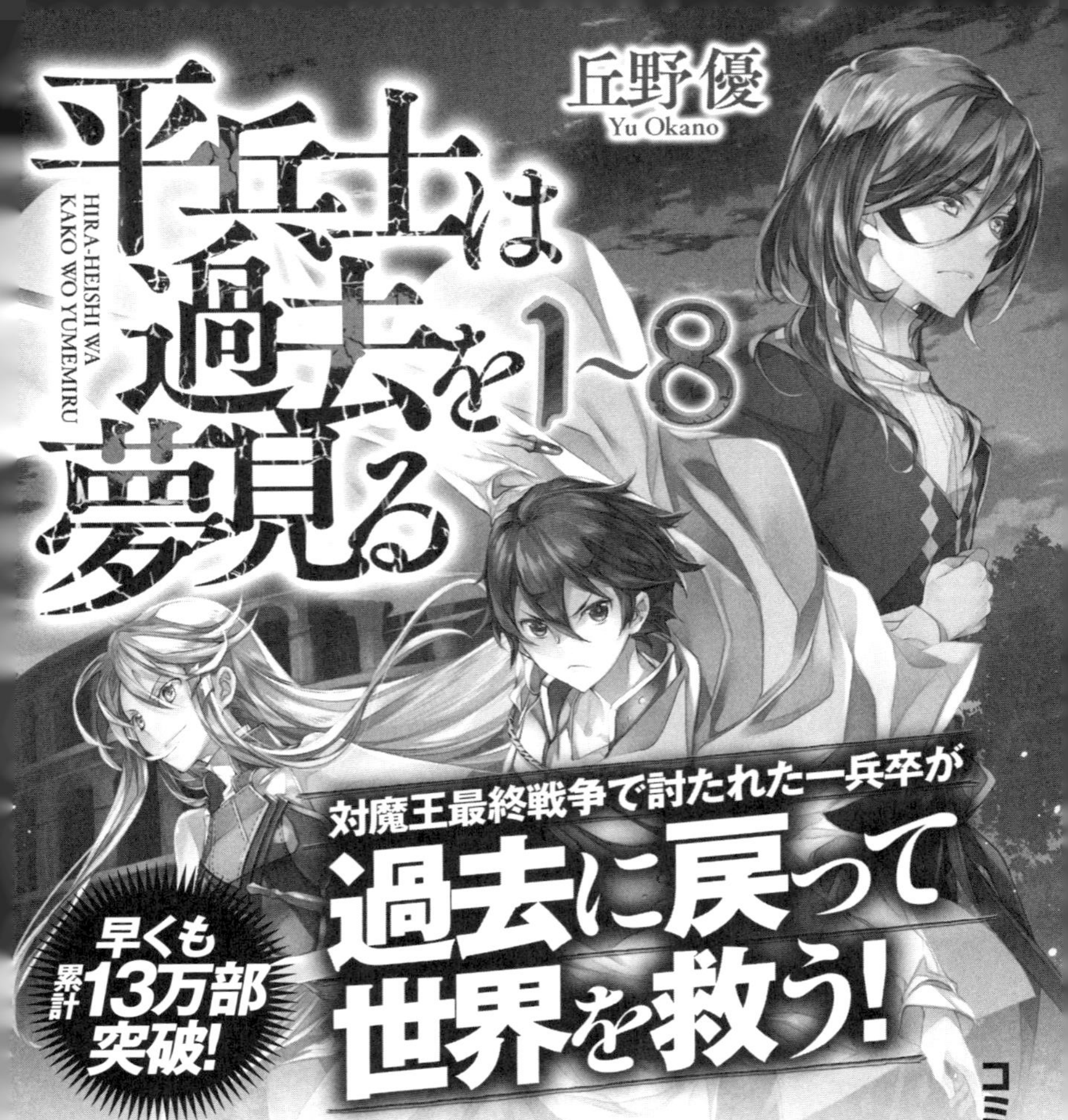

1~8巻 好評発売中!

魔王討伐軍の平兵士ジョン・セリアスは、長きにわたる戦いの末、勇者が魔王を倒すところを見届けた……と思いきや、敵の残党に討たれてしまう。目を覚ますと、なぜか滅びたはずの生まれ故郷で赤ん坊となっていた。自分が過去に戻ったのだと理解した彼は、前世で得た戦いの技術と知識を駆使し、運命を変えていくことを決意する!

●各定価:本体1200円+税
●illustration:久杉トク(1~6巻)
珠梨やすゆき(7巻~)

コミックス1巻絶賛発売中!

漫画:鈴木イゾ
●定価:本体680+税 ●B6判

ネットで話題沸騰!
異世界ストラテジー
ファンタジー、完結!

ある日、平凡なサラリーマンの春宮俊彦は、野心的な大国の侵略により滅亡寸前の異世界の小国に召喚された。可憐な王女の訴えに心を動かされた彼は、救国の勇者として立ち上がることを決意。圧倒的戦力差を覆すため、得意なシミュレーションゲームの経験を生かして驚くべき作戦を練り始める。手札にあるのは、才色兼備の凄腕女騎士と、魔女と恐れられる妖艶な魔道士。じわじわと迫り来る大軍の包囲網に対し、天才軍師ハルヒコの策謀が炸裂する!

各定価：本体1200円+税　illustration：桑島黎音

戸津 秋太（とつ あきた）
1999年、大阪府生まれ。奈良県在住。2015年、第3回なろうコン大賞受賞作『戦慄の魔術師と五帝獣』（宝島社）で出版デビュー。２作目となる本作も、旧題『異界のハイレシア』としてウェブ連載を始めてたちまち人気に。改稿・改題を経て戦慄の書籍化。

イラスト：kgr
http://shenova.org/

本書は、「小説家になろう」（http://syosetu.com/）に掲載されていたものを、改題、改稿のうえ、書籍化したものです。

不屈《ふくつ》の勇士《ゆうし》は聖女《せいじょ》を守《まも》りて

戸津 秋太

2017年 5月 30日初版発行

編　集－太田鉄平
編集長－塙綾子
発行者－梶本雄介
発行所－株式会社アルファポリス
〒150-6005東京都渋谷区恵比寿4-20-3恵比寿ガーデンプレイスタワー5F
TEL 03-6277-1601（営業） 03-6277-1602（編集）
URL http://www.alphapolis.co.jp/
発売元－株式会社星雲社
〒112-0005東京都文京区水道1-3-30
TEL 03-3868-3275
装丁・本文イラスト－kgr
装丁・中面デザイン－ansyyqdesign
印刷－大日本印刷株式会社

価格はカバーに表示されてあります。
落丁乱丁の場合はアルファポリスまでご連絡ください。
送料は小社負担でお取り替えします。

ISBN978-4-434-23346-3 C0093